曹谁的散文,跟他提倡的"大文学观"一脉相承,有诗歌的韵味,有小说的结构,有戏剧的冲突,更有散文的自由精神。

文学评论家　张柠

昆仑游

曹谁 著

济南出版社

图书在版编目（CIP）数据

昆仑游 / 曹谁著. —— 济南：济南出版社，2024.3
（文学新势力. 第二辑）
ISBN 978-7-5488-6173-7

Ⅰ.①昆… Ⅱ.①曹… Ⅲ.①散文集—中国—当代 Ⅳ.①I267

中国国家版本馆 CIP 数据核字 (2024) 第 049635 号

昆仑游
KUNLUN YOU
曹谁 著

出 版 人　谢金岭
责任编辑　闫　菲　姜天一
装帧设计　焦萍萍　刘梦诗

出版发行　济南出版社
地　　址　山东省济南市二环南路1号（250002）
总 编 室　0531-86131715
印　　刷　济南新先锋彩印有限公司
版　　次　2024年3月第1版
印　　次　2024年4月第1次印刷
开　　本　145mm×210mm 32开
印　　张　7.25
字　　数　156千字
书　　号　ISBN 978-7-5488-6173-7
定　　价　36.80元

如有印装质量问题　请与出版社出版部联系调换
电话：0531-86131736

版权所有　盗版必究

学术筹划｜中国作家协会鲁迅文学院　北京师范大学国际写作中心

文学新势力

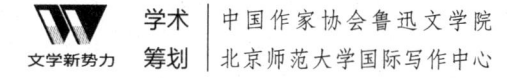

编委会

顾　　问　莫　言　吉狄马加　吴义勤

文学导师　余　华　苏　童　欧阳江河　西　川

主　　编　邱华栋　张清华　徐　可

编　　委　王立军　周云磊　李东华　周长超
　　　　　　刘　勇　张　柠　张　莉　沈庆利
　　　　　　梁振华　张国龙　翟文铖　张晓琴

总　序

张清华　邱华栋

　　2012年10月，莫言荣膺诺贝尔文学奖，再度激发了国人的文学激情，也唤醒了高校在文学教育方面的旧梦，其中就包括北京师范大学。因为一段至关重要的学缘，莫言曾于1991年获得了北师大授予的文学硕士学位，而此刻，作为母校的师大自然倍感荣耀，遂立刻决定成立北京师范大学国际写作中心，并邀请莫言前来担任主任。中心成立之初，其核心职能——文学教育和创作人才的培养便被提上了议事日程。

　　需要稍加追溯前缘，才能说明这套文丛的来历。1988年，由当时在研究生院任职的童庆炳教授牵头，由北京师范大学提供学制条件，牵手中国作家协会直属的鲁迅文学院，共同招收了首届作家研究生班学员。那时的学位制度还相对处于比较早期的阶段，各种规章还没有现在这样严苛和完善，所以运作相对容易，招生考试环节也相对宽松。由此，一批在文坛已崭露头角的青年作家，便被不拘一格，悉数收罗。之前，他们中的很多人——除刘震云作为北京大学中文系77级的本科毕业生外——并未受过太正规的教育，他几乎是唯一一个出自正宗名门。余华只是在浙江海盐上过中学；莫言之前虽有两年解放军艺术学院文学系的学习经历，但更早先却是连中学教育未受完整；严歌苓、迟子建等差不多都只是受过中等专业教育。其他人我们未做过严格的统计，但可以肯定，其中大多数未曾上过大学。然而不容置疑的是，这些人是那时中国文学最具希望的一批，是青年作家中的翘楚，是未来文坛的半壁江山。从这里出发，二十年过后，他们的确未负众望，为中国文学争得了至高荣誉，也几乎成为一代作家的代言人。

很显然，这成为北师大和鲁迅文学院一个共同的记忆，一笔不可多得的财富，无论从哪个角度看，他们都是两所学校引以为豪的历史。在这样一个背景下，重拾昔日文学教育的前缘，找回这一无双的荣耀，也就是很自然的事情了。

因了以上的缘由，2016年，北师大校方经过认真研究，参考过去的合作模式，从全校不多的单招单考的硕士名额中拿出了20个，交由文学院和国际写作中心，来寻求与鲁迅文学院合作，并在中国作家协会的大力支持下，于2017年秋季正式招收了"非全日制"学术型文学创作硕士研究生。为了省却过于烦琐的学科规制，我们在"中国现当代文学"专业的二级学科下，设立了"文学创作方向"，并采用了"学术导师"加"创作导师"联合授课的培养模式，以给学员创造更为合适和充分的学习条件。鲁迅文学院则为他们提供居住和学习的物质条件，以及日常的管理，并拟在培养方案中结合鲁院的讲座制培养模式，两相结合，尽显特色互补的优势。

同时还必须指出，有几位至关重要的人物支持了这项事业：时任北师大的校领导，特别是董奇校长，对推助写作中心的文学教育工作给了大力支持，在制定相关体制机制方面也给予了诸多指导。晚年在病中的童庆炳教授，多次勉励我们，要传承好过去的经验，大胆探索，争取把工作尽早落到实处。中国作家协会，作协党组，特别是铁凝主席，也给予了热诚关怀，时任书记处书记、分管鲁迅文学院工作的吉狄马加同志，则在工作中给予了非常具体的关心和指导。

参与该项工作，制定合作规划、培养方案、课程体系，以及日常服务管理等诸项事务的，便是本文的两位作者：时任鲁迅文学院常务副院长的邱华栋和北师大文学院负责研究生教育的副院长兼国际写作中心执行主任张清华。整个过程中，要想实现两个职能完全不同的单位之间的密切合作，在所有培养工作的环节上都无缝对接，是一个至为琐细的工作，难以尽述。好在这不是一个"工作汇报"，我们在此也就从略了。主要想说明的是，两校之间目前的合作进行得非常顺利，一切都在愿景之中。

迄今为止，该方向的研究生已经招收了三届，共56人。从总体情况看，达到了预期的要求。在学员中，有鲁迅文学奖获得者乔叶、鲁敏，有多位全国少数民族文学奖获得者，有"70后""80后"广有影响的青年作家，像东紫、杨遥、朱山坡、林森、马笑泉、高满航、闫文盛、曹谁、曾剑、王小王，等等，他们在文学创作上都已经有了相当出众的成绩，或是十分丰富的经验，然而他们共同的诉求，又都是对"充电"的渴望，有成为大家的梦想，所以因了冥冥中某种命运的感召，汇聚到了一起。

关于文学教育，历来也是分歧明显众说不一的。有人坚称"大学不培养作家"，这话在一定程度上是对的。大学的使命很多，成败的确不在乎是否出产了一两个作家。但这话的"潜台词"值得商榷——其意思是有偏见的或轻蔑的，是说"你培养不了作家"，"作家不是谁都能培养出来的"。这当然也对，没有哪个大学敢说自己"培养"了几个作家，而只能说，他们那儿"走出了"哪些作家和诗人。但这么说是否意味着文学教育的无必要呢？似乎也不能。因为按照上述逻辑，我们也可以反问，大学不能培养作家，难道就可以"培养"经济学家、政治家、科学家和法学家吗？谁又敢说他们"培养"了那些伟大和杰出的人物呢？

很显然，各行各业的杰出人才，都是很难通过"订制"来培养的。但从另一方面说，大学又必须为人才提供成长和受教育的条件，从这个角度看，宣称大学"不培养作家"又是不负责任的。回顾当代文学的历史，文学的变革和作家的成长，与大学教育的恢复和发展密切相关。"文革"及"文革"前大学教育的草创和荒芜时期，也出现过许多作家，但他们要么是从战争年代的洗礼中锻炼出来的，要么是在长期的自学中成长起来的。因为没有条件受到良好的教育，他们的文学道路多舛，艺术成长和成就也都受到了限制，这是人所共知的常识。正是"文革"后教育的全面恢复与发展，才使得文学事业出现了人才辈出蓬勃兴旺的局面。

所以，正确的理解应该是，作家是无法培养的，但文学教育是必需的。当然，文学教育对于高校而言，其目标确乎主要不是"培养作家"，而是为所有学生提供一个素质养成的环境条件，这才是成立国际写作中心、引进著名作家执教的核心意义所在。换句话说，能不能出产一两个作家或许不是最重要的，其培养的人才是否具备写作的能力，能否成为文学的内行才是重要的。传统的文学教育虽然有各种各样的问题，但是所培养的读书人大都是既能够研究，又可以写作的双料人才。新文学的早期，大学的文学教授也多是学者和作家两种身份集于一身的，之后才逐渐文脉不彰，大师不存，大学教育渐趋沦为了工具化和技术化的知识教育。

但无论如何，北师大与鲁院联办班的这一培养模式，其目标还是直接而干脆的，就是"培养作家"。当然，这培养不是从"育种"开始的，而是"选苗"和"移栽"的过程，甚至有的就属于"摘果子"。即便是后者也不是无意义的，当年莫言、余华、刘震云、迟子建等人，早在进来之前就是声名鹊起的青年作家了，录取他们无疑也是"摘果子"，但系统的阅读与学习，大学综合环境下的熏陶成长，谁敢说对于他们后来的写作没有助益？所以，我们坚信这一工作是有意义的。

最后再来说说这批作为"文学新势力"的新人。显然，他们大多属于"80后"至"90后"的一代，较之他们的前辈，这批新人的主要差异在于代际经验的不同。前代作家的成长期大都经历过历史的大波大澜，童年也大都有原初和完整的乡村生活经验，所以某种程度上还是受到"总体性经验"支配和支持的一代作家。莫言笔下的"高密东北乡"，可以说寄寓了他对于农业社会生存的全部感受和想象，也寄寓了他对于现当代中国历史巨变的全部记忆与理解，读之如读一部血火相生、正邪相伴、生死轮替、魔道互换的史诗。这种具有总体性和原生性的经验与美学，在下一代作家这里早已变得不可能，他们都命定地处在某种"晚生"和"后辈"的自我想象之中，不得不在碎片化、个体化的历史经验与记忆中探索前行。

这些都并非新鲜的话题，只是重复了前人既成的说法。但这也是所谓"新势力"的根基与合法条件，"新"在哪里，又何以成为"势力"，这是需要我们想清楚的。在我们看来，所谓"新势力"其实就是指：一是有新的文化特质的，他们在文化上所拥有的"新人"特色或许很难用一两句话说清，但一定是更具有个性、自主性和独立思考的一代，是拥有新知和新的经验方式的一代，是用新的思维与视角看待人生与世界的一代，是在网络信息时代生存和写作的一代；二是有新的美学属性的，这些属性自然更难以总体性的概括来描述，但毫无疑问他们是具有陌生感的一族，是难以用传统范型所涵盖和统摄的一族，是游走和不确定的一族，是空间化和个体性得以充分彰显的一族，当然，也是相对琐屑和相对真实，相对平和和相对日常性的一族。有时我们觉得是这样满足，但有时我们又会觉得，他们离着理想的文学，离所谓普世的"世界文学"的距离越来越近了。

旁观者说一千句，不及读者自己去观照、去体味其中的丰富和微妙。"总体性"之不存，我们的概括也自然显得苍白无力，不如读者们自己去一一打量和细细辨识。

看，这就是"文学新势力"，他们来了。

"文学新势力"第二辑
出版说明

"文学新势力"第一辑于2020年初出版之后，引发了各界非常强烈的反响，也激发了文学创作专业的学子们更加高涨的创作热情。不只非全日制的"鲁院班"——北师大与鲁迅文学院合作招收的文学创作研究生班的同学，连全日制和其他专业的学生也纷纷发来他们的作品，希望能够加入这套文丛的后续出版。基于此，我们在当年，也就是2020年的下半年，又遴选了近二十部作品，经过专家与编辑的几轮精选，最终确定了第二辑的这十二部作品。但因为疫情等因素的影响，该辑的出版工作也一再延宕。现在终于面世，标志着我们的文学教育又有了新成果。

需要说明的是，本辑作品的构成，在文类上实现了多样性的变化。第一辑完全由中短篇小说集构成，而这一辑中，则有了超侠的科幻小说集、舒辉波的儿童文学作品集，有了闫文盛、向迅、曹谁等人的散文随笔集，同时也不再仅限于"鲁院班"学员，增加了毕业于全日制文学创作班的新锐青年作家，如目前工作于鲁迅文学院的崔君的小说集。从文类上说，该辑作品除了诗歌缺位以外，确乎显得丰富了许多。

另外，还须在此特别说明的是，截至该文丛出版之时，北师大与鲁迅文学院合作招收研究生的工作又延展了四年，至2023年，已招收了七届学员。负责鲁迅文学院工作的领导，也调整为吴义勤书记和徐可常务副院长；北师大文学院的领导以及研究生培养工作的负责人也发生了变更，所以本辑的编委会也做了相应的调整。

特别鸣谢中国作家协会张宏森书记，以及李敬泽、吴义勤副主席等领导的大力支持，也感谢北师大校领导以及文学院的大力支持；特别鸣谢济南出版社领导的鼎力托举。各方力量的凝结汇聚，才共同促成了此番盛举，为新一代青年学子和青年作家的成长营造了更好的环境。

2023 年 12 月

自 序

大昆仑神山云游

曹 谁

随着年岁的增长,我时常会陷入回忆,寻找往日那些美好的时光。毫无疑问,"大昆仑行走"是我最具浪漫主义精神的云游。2008年秋天,二十五岁的我辞去《西海都市报》报社编辑的工作,踏上我的大昆仑之旅,当时自称为"去职远游",从青海西宁出发,沿着大昆仑山脉一路向西深入,向南到西藏,向北到新疆,最后从河西走廊返回西宁,完成我的"大昆仑行走"。

当时为什么要围绕大昆仑云游?现代意义上的昆仑山源于帕米尔高原,在西藏和新疆间绵延到青海,再从青海分三支延伸向中华大地,在我的地理拓扑学中昆仑山北麓的新疆沙漠地区和昆仑山南麓的西藏高原地区就是亚欧大陆地的阴阳中心,从高空看,它们构成了一个奇妙的大太极图。我的游历都是围绕大昆仑山在行走,沿途我在天人合一的激动中感悟万物。我一直在研究昆仑的含义，发现"昆仑"无论在印欧语系的吐火罗语中还是汉藏语系的古汉语中都是"天"的意思：季羡林先生认为昆仑源于印欧语系的吐火罗语 klyom，也就是"天"之意，这个词跟拉丁语的 caelum（天空）同源；赵宗福先生认为其源于汉藏语系的古羌语，这跟匈奴语对天的称谓"祁连"相似，也就是汉语的"乾"。

这部《昆仑游》的第一辑"行走可可西里"写在大昆仑云游之后。"可可西里"在蒙古语中意为"美丽的少女"，我在到西藏的火车上第一次目睹她的容颜，看到的只有广袤无边的草原，完全无法理解这句蒙古语的含义。云游归来，我原本是要离开这里的，可是命运不让我离开，于是我在半年后又返回，在西宁开始我的职业写作生涯。为了创作戏剧《雪豹王子》，我前往可可西里采风，在那里住了几个月，发现这里虽然是人类的禁区，却是各种野生动物的王国，收集到大量闻所未闻的故事，采风的记录就是《可可西里动物王国》，曾经节选发表于《人民文学》。后来我在可可西里的一个夜晚突然明白，可可西里大概如同"美丽的少女"一样，还有无数的未解之谜，我希望自己能一步步把她呈现给读者。

在大昆仑的云游中，我写了长诗《亚欧大陆地史诗》，构思了长篇小说《昆仑秘史》三部曲，即《昆仑秘史1：时间地轴》《昆仑秘史2：传国玉玺和罗马皇冠》《昆仑秘史3：通天塔》，还写了20万字的游记《大昆仑行走：西藏新疆游历记》——这部游记是对我文学初心的记录，却因为种种原因未能出版。甚至有一次，著名恐怖小说家李西闽都为我这部游记写好了序言《曹谁的游历：亚欧大陆腹地的行走》，他在文中把我的游历描述为"骑士般的自由之旅"："他像一个中世纪的骑士一样，在大西部漫游……他带着梦想，走向一条自由之路，这里所谓的自由，是无牵无挂，就是死在路上，也在所不惜。"本书的第二辑"昆仑游"就节选自这本游记。

本书的第三辑"巴别塔尖忆旧"写在大昆仑云游之前，收录的散文都是我早年创作的。巴别塔尖是我屋子的名字，这个典故来自《圣经》。我为之取名"巴别塔尖"，就是希望我能够在其中融合各民族的语言文化，为人类创造一个共同的理想国。

我写了许多诗集、长篇小说、影视剧本，散文只是在空闲的时候所写，但是这些散文对我却至关重要，甚至是我所有创作的源头。本书的三辑就分别构成我三个系列的源头："行走可可西里"是我的作品"可可西里系列"的源头，包括童话丛书《雪豹王子》《可可西里动物王国》等6册，"三江源国家公园"丛书10册，诗集《可可西里之歌》等；"昆仑游"是"昆仑系列"的源头，包括长篇小说《昆仑秘史》三部曲和诗集《亚欧大陆地史诗》等；"巴别塔尖忆旧"是"巴别塔系列"的源头，包括长篇小说《巴别塔尖》和诗集《通天塔之歌》等。我的另两个系列作品是"十六国历史系列"和"孔雀王"系列，"十六国历史系列"源自西宁的南凉虎台遗址，"孔雀王"系列源自可可西里的孔雀之梦——这样看来都可以追溯到大昆仑。在我的写作中，我觉得散文、诗歌、小说、剧本只是创作的不同状态，具有互文性。我在写作一个题材的时候，可能最初只有一个念头，通常会先记为散文，然后写为诗歌，后面演绎为小说，最终演化为剧本。这也是我提出"大诗主义运动""剧小说运动""诗电影运动"等"大文学"理念的出发点。

前不久我参加西宁市文联组织的"日月山下"采风活动，再次站在大昆仑云游的起点，感慨万千。在采风启动仪式上，我代表作家团队做主题为"带着初心向日月山出发"的发言："十五年前，我从单位辞职，站在湟源的丹噶尔古城，踏上我的西行之旅，在青海、西藏、新疆游历几个月后返回西宁，沿途写了一部游记、一本诗集，开始了职业写作生涯。回来后，我在西宁的一个城中村，写成我的长篇小说《昆仑秘史》三部曲。今天我再次站在这里回想，这十五年我确实写了很多书，可是每当遇到困难，我会在暗夜里问自己究竟为什么写作。今天我在这里寻找到了心跳的感觉，好像又感觉到了那时的初心——通过自己的文字给这个世界一个美好的秩序。"现场的市文联主席张国云先生曾经在朗诵我的《亚欧大陆地史诗》后赠送给我一支笔，他当时问我在我心里最重要的作品是哪部，我说假如从我的写作历程来说，《昆仑游》是我的初心所在。

2023 年 5 月 21 日
于北京

目 录

第一辑 行走可可西里

可可西里的呼唤　2

曲麻河基地　9

动物的天堂　17

飞鸟的乐园　44

山宗水源　55

我们的家园　76

第二辑　昆仑游

深入大昆仑腹地　　101
——从西宁到德令哈

柴达木深处的吐谷浑故地　　107

戈壁中的广阔原野：德令哈　　110

穿越柴达木　　118
——从德令哈经过小柴旦到格尔木

河流密集的格尔木　　121

行走在昆仑山的怀抱　　128

大昆仑伸出长江和黄河两只手臂将我拥抱　　132

返回西宁　　134

东部三角：西安—榆社—荆门　　138

道别西宁　　143

丝路之旅结束　　147

环大西部行走的意义　　151

大隐生活：荆门　　153

大自在生活：榆社　　155

西宁，西部安宁　　158

小隐生活：西宁　　161

西行纪念　　165

第三辑 巴别塔尖忆旧

我的小屋:巴别塔尖 171

西屠往事 174

大可,一路顺风 179

从柴达木出发 184

"西漂"族 186

陪伴我长大的那些宝贝 188

我的《红楼梦》 191

黑暗中,我缓缓行走 194

蒙古尔乡的危险诗会 196

第一辑

行走可可西里

可可西里的呼唤

曾经有一个男人，跟着驼队从洛阳出发去拉萨经商。他们行走在古老的唐蕃古道上，经过可可西里时，男人的风湿病突然发作，疼得无法行走，他的同伴们只好将他驮在骆驼上一起前行。走到一个山头休息的时候，为了不影响整个驼队的行程，男人主动跟他的同伴们说："你们把我留在这里，给我留些食物，回去告诉我的妻子，假如我活着就一定会回去，假如我一年没回去，就是死了，让她另找一个人结婚。"他的同伴们便把他放在了这个山头下。

驼队走后，男人把食物吃完了，可他的风湿病却还没有好。有一天，他的面前突然出现十几头棕熊，他吓得头脑一片空白，只见其中一头母棕熊先朝他走来，用熊掌碰了碰他。此时的他感到绝望极了，闭上了眼等待死亡的到来。然而让他意想不到的是，母棕熊回过头来朝身后的同伴吼了两声，棕熊们竟然转身走了。第二天母棕熊给男人带来了食物，还舔舐了他的腿。被母棕熊这么一舔，他感觉腿上的风湿好了很多。在母棕熊的照料下，男人的风湿病在一天天好转。等到他能够走路时，母棕熊将他带到了附近的一个山洞里。母棕熊每天都会给他带回来食物，然后给他舔舐腿。

三个月后，他的身体痊愈了，男人想要离开，母棕熊却不让他走，几次伸出熊掌把他抓了回来。男人感觉到这头母棕熊好像对他产生了感情，但是男人想着家里的妻子，一心想找个机会逃回去。男人每天都会假意陪着母棕熊在山上一起漫步，然后借机寻找逃跑的机会。他们也度过了一段快乐的日子。

这天，男人跟往常一样，陪着母棕熊出去溜达。男人看到山洞上方的一块大石头快要滑下，他灵机一动，用手语告诉母棕熊，让她先把石头抬住，他去找一块石头把下面支住。母棕熊相信他，举起两只熊掌便把那块大石头给抬住了，他假装转到山后去找石头，然后趁机一溜烟逃走了。

男人逃到半路，正好遇到返回的驼队，幸运的他跟着他原来的同伴一路平安地返回了洛阳，终于跟自己的妻子团聚了。

然而故事并没有到此结束。回到洛阳后，不知怎么，男人经常想起那头母棕熊，要不是那头母棕熊，他估计早就死在了那个不知名的山头下，而他在离开的时候却骗了它。来年夏天，男人怀着一颗愧疚之心带人去探望了那头母棕熊。当他们抵达那个山洞时，眼前的情景让男人的眼泪忍不住夺眶而出，原来那头母棕熊早已在风沙中化为干尸，却依然保持着抬石头的姿势。

当时我听完尕塔讲的这个故事，就被故事里的母棕熊深深地感动了，我为这个故事取了个名字叫《熊美人》。尕塔见我很受震动，又兴奋地跟我说，在三江源头的可可西里还有许许多多这种关于动物的故事。我当即决定留下来，听他讲一讲这些动物的传奇故事。

后来尕塔又给我讲了野牦牛、藏羚羊等动物的故事。在他绘声绘色的叙述中，我愈发觉得可可西里就是人间的一方净土、动物的一座王国。在这里，野牦牛是忠诚勇猛的斗士，藏羚羊是心怀险恶的阴谋家，藏野驴爱子如命，白唇鹿智慧如佛，棕熊聪明如人，雪豹是雪域王者，狼群如军队，黑颈鹤对爱忠贞，猫头鹰是夜间杀手，鹰隼是天空之王，雪鸡是神的家禽，麻雀有平凡的智慧……在这座神秘的动物王国里，动物们有它们自己的法则，有它们自己的爱恨情仇、生离死别、是非成败。在尕塔的讲述中，许多动物的性格和形象完全颠覆了我最初的认知，我惊讶地把它们的故事一一记下。

此时的我，俨然成了《一千零一夜》中的国王山努亚，沉迷于尕塔给我讲述的一个接一个的动物故事里，我已完全忘记自己是在海拔高达四千米以上、距离东部沿海地区几千里的地方，周围是莽莽苍苍的雪山，三条大河——长江、黄河、澜沧江从这里奔流而下。九年前的我，无论如何也不会想到这样的情景——在可可西里听一位藏族朋友讲述当地动物的故事。

我为什么会来到这里？这要追溯到九年前。我大学毕业后，在西宁的一家报社上班，按部就班的工作让我的内心常常感到压抑，我日渐觉得自己的心被囚禁，时刻想着寻找自由。西部的旷野令我心驰神往，我仿佛听到了来自远方的召唤。于是在2008年的秋天，我毅然决然向报社递交了我的辞职信。当时我把这一举动叫作去职远游。

辞职后，我开始了我的环大西部行走。我从西宁出发，第一次翻过日月山，看到如海的青海湖，行走在柴达木的戈壁滩，又从柴达木出发继续往西，沿途搭便车，向南到西藏，向北到新疆。我用我的眼睛装订着每一个新奇的日子，用我的双手书写下每一段值得回味的旅程。我一路都处在一种莫名的兴奋中，我想大概当年开辟丝绸之路的张骞也有类似的感觉吧！我沿途写了二十万字的游记，还写了一百多首诗。这次环大西部行走回去后，我便开始了自由写作的生涯，我的第一部有影响力的图书《昆仑秘史》三部曲，正是根据我的这次漫游经历写成的。

环大西部行走时，我第一次经过可可西里，就被她的面貌所折服。当我得知"可可西里"在蒙古语中意为"美丽的少女"的时候，觉得有些不可思议，因为我实在很难把美丽少女跟这么一个危险之地联系起来。在群山中有这么一块一马平川的高原平地，让人吃惊，这里太过广大，坐着火车驰骋一天才能走出。我后来查到，这里在远古时代曾经是大海，可可西里大约是当年的海盆。可可西里之所以在蒙古语中被叫作"美丽的少女"，我想可能是因为周围都是重重叠叠的大山，好像壮汉一样，人们忽然看到这么一块安静的土地，就觉得她宛如少女吧！关于可可西里的名字，还有人说在蒙古语中指"青色的山梁"，藏语叫作"阿钦公加"，意思同样是"青色的山梁"，所以大概这个解释更加贴切。

可可西里被人们说成是一个危险之地。这里除了生活着许多凶猛的野生动物外，自然环境还很严酷。当地海拔四千多米，空气异常稀薄。我稍微快走了几步，就已气喘吁吁了，这是高原反应的开始。假如高原反应加重,胸闷头痛气喘是轻的,严重的可能还会丢掉性命。那次坐火车经过可可西里,我看到遥远的地平线上有一只藏羚羊,它的两只角如剑一样竖起。据说藏羚羊是高原上跑得最快的动物,它们狂奔起来可以达到时速八十公里,真是令人咋舌。可惜我并没有看到藏羚羊奔跑,我看到的那只藏羚羊只是站在远处静静地看着火车——这个长长的铁甲巨虫。我想此时的它,一定对这外面的世界感到困惑。

当时我和可可西里就这样擦身而过,她在我的脑海中只留下了一望无际的粗犷景象和一个传说中的危险信号。然而命运却注定我跟这里有不解之缘,我后来又七次从昆仑山口往返可可西里,我对她的了解才越来越深入。不过我与她最深的缘分,却是2013年我从玉树方向进入可可西里采风的那次。

2013年,我有幸参加了一次采风活动,那次采风的目的是到曲麻莱县探究三江源。我们探寻了平和的黄河源头、苍劲的长江源头和神秘的澜沧江源头,然而真正让我吃惊的是可可西里的动物故事。当时的曲麻莱县县委宣传部部长索多本身就是一个优秀的歌词作家,他热情地为我们安排行程,其中一站是曲麻河乡。

当天我们从县城驱车赶往曲麻河乡政府,路上曾经历惊险的一幕:我眼睁睁看着前面的越野车左后轮飞走,仿佛置身动作大片中一般。幸好行驶速度不是很快,司机赶紧换上备胎继续前进。虽然受此惊吓,但是当我看到可可西里的美景时,觉得还是值得的。经过一路颠簸,我们终于抵达乡政府,在那里我第一次见到那个黧黑健美的康巴汉子尕塔,这个"鹿皮一样的男人"。

尕塔当时是乡党委书记,在聊天中,他给我讲了许多当地动物的故事。他告诉我,雪豹是可可西里的王者,它们的尾巴特别长,可以在头上盘绕三圈;雪豹捕猎野牦牛的时候,会用爪子抓着牦牛鼻子,用长尾巴赶着牦牛屁股,把野牦牛赶到自己住的洞里,这才咬死,喝血、吃肉。这样生动有趣的细节深深地把我吸引住了。

尕塔接着又给我讲了三个有关动物的故事,其中第三个故事最有趣,讲的是棕熊装扮成人的故事——

在一个村子里,有一家人要出远门,这家的主人让邻居帮忙看家。没想到,主人离开没几天,一头棕熊就钻进了这家的屋子,把家里翻得一团糟。邻居听到动静,从远处看向这边,看到屋里有一个穿着藏袍、戴着毡帽的人,他以为是主人回来了,其实是棕熊穿戴了主人的衣帽,扮成人的样子在那家人家里四处走动。主人回来后发现家里被翻得一团糟,气呼呼地去找邻居,责问邻居是怎么帮忙看家的。邻居一脸疑惑,说看到他早早回来了便没过去。他们一合计,才想到这件事多半是棕熊干的。

这把听故事的我们逗乐了。看到我对当地动物的故事产生了如此浓厚的兴趣,尕塔便热情地邀请我来可可西里采风,他告诉我,当地牧民还有大量这样的动物故事。那次采风,我给尕塔送了一套我的《昆仑秘史》,他也把办公桌上一块长江石用白色哈达包起来送给我。那块长江石的造型很独特,青黑色的山形石头上横隔有两条白色的条纹,一条在上部如白云,一条在下部如江水,我为它取名"江山"。

从三江源采风回来后,我一直惦记着可可西里的动物故事,后来就写成了长篇童话小说《雪豹王子》，写雪豹王子强巴带着可可西里动物保卫家园的故事。青海和安徽两省将其改编成大型歌舞杂技剧，玉树的歌舞加上安徽的杂技，将可可西里的动物演绎得惟妙惟肖，该剧获得了2015年国家艺术基金。在《雪豹王子》中我提到过，作曲家扎西多杰跟我说，他曾经认识一个懂鸟兽语的人，亲眼见那人跟狐狸交谈，狐狸听那人说完后，就任凭他乖乖地抱起。这让我越发感觉神奇，既然有这样懂鸟兽语的人，我怎么能不去了解这些鸟兽！

2016年春天，尕塔又热情邀我到可可西里采风，我欣然前往，我要继续听他给我讲述那未完的动物们的故事。这次去可可西里，真正打开了我进入这个动物王国的大门。

曲麻河基地

曾经有一个猎人到可可西里的山中打猎,他看到远处有一群野牦牛。当他弯腰用枪瞄准的时候,却看到一个神仙一样美丽的女人在给野牦牛挤奶,他感觉很奇怪,就没有开枪,走过去跟这个女人交谈。猎人向女人求爱,女人说:"不行,我是山神的女人,不过我可以将我的大女儿介绍给你,只要晚上的时候,你有足够的勇气在这里等她。"猎人心想,既然女人长得如此美丽,想必她的女儿也一定长得很漂亮,于是他决定在野外等到晚上。

半夜时分,猎人感觉到身边有东西,抬头看到一头公野牦牛。公野牦牛盯着他看,好像要顶他的样子,他吓得立刻跳起来,藏到石头背后。这时,这头公野牦牛变成了一个神仙一样的美少女,她轻蔑地看了看猎人,转身离去了。第二天,山神的女人又出现了,猎人埋怨女人的大女儿根本不理她,他要打女人的野牦牛。女人说:"谁叫你没有勇气的?你别伤害野牦牛,你今晚还等在这里,我将我的二女儿介绍给你。"这天晚上猎人又感觉到身边有东西,睁开眼睛看到一头母野牦牛,母野牦牛同样盯着他看,好像要顶他,他又吓得跳起来,藏到石头背后。这时,那头母野牦牛又变成了一个神仙一般的美少女,她同样轻蔑地看了一眼猎人然后转身离去。第三天,山神的女人又出现了,猎人又要打女人的野牦牛。女人说:"你别伤害野牦牛,我还有一个小女儿,今天晚上我将她介绍给你,你这次要拿出自己的勇气。"晚上猎人等到半夜,看到一头棕熊,他起初非常害怕,但是想到这是他最后一次机会,便鼓起勇气战战兢兢地伸手摸了一下棕熊,棕熊变成一个神仙一样的美少女。他们在一起睡到天亮,然后依依惜别,约好从此猎人不再杀生,一年后相见。

一年后,猎人再次来到这个地方,却不见他当初的情人,只看到一头母野牦牛领着一头白色的小牦牛正向他走来。他非常害怕,就开枪打母野牦牛,结果打死了小牦牛。这时候,那头小白牦牛化成了他的儿子,那头母野牦牛也化成了他的情人。看到猎人本性不改,依旧滥杀野牦牛,这个女人伤心地回到山中。猎人从此再也没有见过他的情人。

三江源的藏族老人告诉我,最初山神跟人类是可以交往的,可是人类不断失信,最后山神才跟人类绝交。我们此时正在曲麻河乡政府的会议室,围着火炉,听当地的藏族老人讲动物的故事。这几天尕塔安排了八位老人来给我讲故事。他还派了乡里的四个人给我做翻译,他们分别是阿群、开哇、王志祥、江文才让。

我是缘何又来到这里采风的?这要从《雪豹王子》说起。写完《雪豹王子》不久,我写了一篇文章《可可西里的呼唤》,记述这个故事的来源。尕塔看到这篇文章后,就约我再次来采风,于是我跟着在西宁办事的副乡长阿群一起来到了可可西里。

我们抵达格尔木后,阿群开车带我穿过昆仑山,进入可可西里。此时的西宁已经花开遍野,这里却还在飘雪,车行至此处的时候,让人感觉仿佛进入了另外一个世界。在这里我们才能明显体验高天厚土的感觉,沿途我不断看到藏野驴、野牦牛、藏羚羊等生灵。对于人类来说这里是生命的禁区,可是对于野生动物来说却是乐园。

从青藏公路的一个路口折入一条简易公路,阿群带我去了玉珠峰大本营。那里大雪纷飞,我们正赶上一群僧人在祈福。从这里绕出,路上我们在一户牧民家里吃了些牛肉,然后继续赶路,前往乡政府加土松涌。当地政府绕着镇子新修了公路,这条公路可以说是这里的一环路了。沿着这条公路,不用一盏茶的工夫我们就将整个乡绕了一圈。

这里就是曲麻河小镇。曲麻河就是楚玛尔河,藏语意为"红色的水",因为长江流经此地的河床是红色的。楚玛尔河是长江的北源,长江还有正源沱沱河和南源当曲。阿群说楚玛尔河里有裸鲤,裸鲤有两种,一种是有触须的,一种是无触须的。他说这两种裸鲤的区别也可能是公母的区别。阿群以前经常钓鱼,被称为"钓鱼王子"。曲麻河小镇背靠大山,面朝楚玛尔河。当地有一眼清澈的泉水,据说是天然的矿泉水,镇上的人都去那里取水吃,如今这眼泉已经被人们围起来加以保护。

尕塔安排我住在乡政府会客室旁边的一个房间,这间房号称

11

"天字第一号",里面有两张床,一个炉子。尕塔还把办公室的电脑搬过来给我使用,他还让人在我的桌上摆了满桌子的零食。第一天我非常高兴,到镇上去看各种新奇的事物,跟大街上的藏族小孩开玩笑,一点高原反应都没有。可是第二天我就开始头痛欲裂,晚上无法入睡,听着外面的狗叫声,一直到天亮。阿群给我取了一盒红景天,吃过后还是不起作用,这让我有了打道回府的想法。

当天我到阿群的房间去,他给我吃了一种叫作"曲拉糕"的甜点,说是他妻子亲手做的。我感觉十分可口,就吃了好几块,当时我并没有注意,过后却发现头一点儿都不疼了:没想到"曲拉糕"居然治好了我的高原反应。阿群听说后,就让我每天吃一块。我觉得克服高原反应最好的方法就是吃当地的食物。一方水土养一方人,那里的食物会引导你融入当地。当天晚上我梦到了孔雀,这或许是大吉的征兆,预示着后面搜集故事会进行得都很顺利。

在曲麻河乡,尕塔每天都会派人到牧区接一两个藏族老人过来,给我讲动物的故事。他们从小生活在这片土地,分别来自曲麻河乡下辖的四个牧委会——昂拉、多秀、措池、勒池,基本上只会讲藏语,阿群、开哇、王志祥、江文才让就在我旁边给我做翻译。我先在笔记本上快速地记录下来,晚上的时候再整理一遍输入电脑。按照跟我交谈的先后顺序来介绍,这八位老人分别是七十三岁的索南毛拉、七十三岁的日松、六十九岁的西保、七十五岁的次成巴松、六十一岁的多丁、八十岁的查多、七十岁的日公加、五十一岁的尕玛。他们性格各异,知道的动物故事也各不相同。阿群、开哇、王志祥、江文才让他们四个给我翻译的时候,还会经常补充他们自己的见闻。他们的经历也各异,我摘录索南毛拉和次成巴松的经历,大体上就能从中了解当地牧民的经历,也可以明白部落的形成历程。

索南毛拉,1943年出生在治多县的年措部落,父亲有八个兄弟。他八岁时跟父亲加入然仓部落,住在多秀的松王噶(就是两个山谷的意思)。他在那里游牧,平时住在黑帐篷中——白帐篷是富人才可以住的——他十四岁时这里才解放。1962年成立人民公社,索南毛拉家属于勒池大队,勒池大队下面有九个小组,共七十多户。1984年草山包产到户,他家的地分在了村委会附近。1969年索南毛拉结婚,他的妻子也是勒池人,两人育有一个儿子、两个女儿。1970年索南毛拉入党,1993年他当上村支部书记。前几年退休,在乡政府后面盖的屋子里住。

次成巴松,1941年生于措池村。他还在母亲肚子里的时候就已经开始随着母亲一起逃亡。他的爷爷本来是某部落属下的人,因为不愿意投降青海军阀马步芳,便率领部落的人向可可西里逃亡。马步芳的军队追来,他的爷爷和小爷还有两个男人在多秀的山坡上堵截匪军,跟匪军对射。部落的妇女和儿童一直逃到措池村,这时候他出生了。那时,可可西里是真正的无人区,是各种野生动物聚集的地方,只有猎人才会出现在这片区域里,除此之外,就是一些往来的商旅,因为可可西里沿途就是唐蕃古道。次成巴松小时候经常看到驼队经过,驼队的人有时还会用银圆向他

13

们买牦牛作为食物。

这次采风我基本上都住在曲麻河乡，索多听说我来探寻三江源动物的故事，约我到约改镇相聚。约改镇所在的沟谷，据说是唐僧取经晒经的地方。在那里，索多向我介绍了三江源的概况，三江源的区域跟可可西里交错。广义的可可西里包括青海的可可西里国家级自然保护区、青海的三江源自然保护区、西藏的羌塘自然保护区和新疆的阿尔金山自然保护区。狭义的可可西里就指可可西里国家级自然保护区。可可西里国家级自然保护区和三江源自然保护区大体以青藏公路为界，西面属于可可西里，东面属于三江源。现在又在原来的基础上设立三江源国家公园，包括长江源、黄河源、澜沧江源三个园区，其中长江源区就包括了可可西里自然保护区和玉树藏族自治州治多县、曲麻莱县，黄河源区在果洛州玛多县境内，澜沧江源区在玉树藏族自治州杂多县。尕塔将调到三江源国家公园任职，索多将调回玉树州宣传部。之后我继续返回曲麻河乡，听那些藏族老人讲动物的故事。

从这些藏族老人口中，我非常吃惊地得知，可可西里的动物有家畜和野生动物两个体系：家畜是人类所养，野生动物是山神所养。野生动物被认为是家畜的宝物，各种家养动物都有它对应的"宝物"，比如野牦牛对牦牛是宝物，藏野驴对马匹是宝物，盘羊对绵羊是宝物，岩羊对山羊是宝物，棕熊对藏獒是宝物，苍狼对猎狗是宝物。他们认为，野牦牛、藏野驴、盘羊等野生动物为牦牛、马匹、绵羊等家畜保存了优良基因，想让家畜产下优良的后代，就必须让它们与野生动物配种。这些藏族老人还告诉我，他们把鸟类也分成两种：一种是神仙养的，如黑颈鹤、白天鹅、布谷鸟；一种是魔鬼养的，如秃鹫、乌鸦、蝙蝠。

可可西里的野生动物基本上都是公母自行分开生活，家畜却只能靠人类去将它们分开，牧民们认为是山神把野生动物分开的。在可可西里，每种动物都有自己的特长，牧民们认为这些动物的特长也是山神赋予的。藏族谚语中认为，可可西里是聚宝盆，是野生动物的故乡、野生植物的宝地、世界各地水源依靠的地方。当地猎人也认为可可西里是宝地，总不会饿死人。

这里是三条大江的源头，长江、黄河、澜沧江好像东方的主动脉，从这里一直延伸到了太平洋。这三条大江的源头都以动物命名，长江的源头之一"沱曲"是"牦牛河"的意思，因为源头的格拉丹东山酷似牦牛，这个区域取名"治多"；黄河的源头之一"玛曲"是"孔雀河"的意思，因为源头区域的星宿海如同孔雀闪耀的羽毛，这个区域取名"玛多"；澜沧江的源头之一"扎曲"意思是"从山岩中流出的河"，但是河流在扎曲和昂曲汇合于昌后，就成了澜沧江，藏语叫"拉楚"，意思是"獐子河"，这个区域取名"杂多"。这三条河的源头分别是治多县、玛多县、杂多县，多是"河源"的意思。不过曲麻莱县却很特别，是由长江北源楚玛尔河而得名的，是"红色的水"的意思。藏族人以动物命名河流，体现他们在潜意识中认同跟动物的亲密关系。这让我想起发源于冈仁波齐的四条河流，分别是马泉河、象泉河、狮泉河、孔雀河。

我在西宁的时候原本养成了昼伏夜出的习惯，来到这儿，我的生物钟竟然自行做了调整。在曲麻河乡的每一天，我都是早睡早起，伴着犬吠入睡，随着鸟鸣起床，饭后绕着镇子走上一圈，跟当地人打声招呼，开会儿玩笑，然后到会议室听藏族老人们给我讲当地动物的传奇。下面就是我听到的可可西里动物王国各个动物家族的传奇故事，都是我坐在书房中永远无法想象的新奇故事。

动物的天堂

高原望族：野牦牛

在可可西里的动物王国中，要数藏羚羊最有名，藏野驴最纯洁，棕熊最聪明，雪豹最厉害。不过在这片土地上，占统治地位的动物家族却是野牦牛家族，它们不但数量繁多，力量强大，而且对当地牧民的作用也最大。在当地牧民眼中，野牦牛的形象无处不显示出它们强大的特性，藏语就有描述野牦牛大如"海"的谚语，他们认为野牦牛有九个"海"："野牦牛的皮是毛的海，野牦牛的肺是气的海，野牦牛的肝是水的海，野牦牛的肠是粪的海，野牦牛的耳朵是角的海，野牦牛的心脏是脾气的海，野牦牛的胃是草的海，野牦牛的大腿是骨髓的海，野牦牛的奶头是奶的海"。从这些描述中可见野牦牛在藏族文化中的强势和强大，所以我要从野牦牛家族开始叙述。

野牦牛最大的特点是力气大，它们好像有无穷无尽的力量。它们跳跃起来，随便一跳就能跳出七米远；它们顶到人，随便一顶就能将人顶得跟电线杆一样高。野牦牛的第二个特点是体重大，家牦牛一般只有八百斤，野牦牛的体重据说可以达到三千斤，单一条腿的重量就可以达到二三百斤，一个壮汉也别想扛动。野牦牛被打死后，要七头家牦牛才能拖走它们被割去脑袋的尸体，甚至连它们的皮都要两头牛才拉得动。人们在给野牦牛剥皮的时候，由于它们体形太大，只能先剥掉它们一边的皮，然后把肉挖走，再剥下面的皮。据说当年一头野牦牛的肉足够一户普通人家一年的肉食，现如今由于生态环境恶化，野牦牛的体形也发生了退化，不再像以前那么大了。野牦牛的第三个特点是皮厚，以至于就算野牦牛死了，狼等动物也咬不动。为了吃到牦牛肉，这些动物一般会从野牦牛的肛门开始吃，一直吃到能钻进野牦牛的肚子里。野牦牛的第四个特点是牛角宽，野牦牛的牛角向两边伸开，上面可以并排坐下三四个人。除了这些特点之外，野牦牛比家牦牛的体格更为健壮，只要牛群中有野牦牛或野牦牛的第二代，牛群就很少得病。野牦牛的性情还相当暴烈，一怒之下可以把一辆五吨重的东风卡车掀翻，生气时还会把大块的草皮掀起来扔出好远。当人类靠近时，它们有时候还会主动攻击，真可以算得上是可可西里鼎鼎有名的"危险分子"。

　　一辈子跟牦牛打交道的索南毛拉，通过与家牦牛的对比，向我介绍了野牦牛的特点。他告诉我，野牦牛的颜色全都是黑色中泛着红光，几乎没有白色、花色、蓝色的，据说是因为当年格萨尔王的牛将军阿达勒莫把杂色的野牦牛全都打死了。只有家牦牛才有白色的，白牦牛在藏族文化中代表着吉祥。野牦牛和家牦牛的区别还表现在：野牦牛的角根比家牦牛的角根更粗，角尖比家牦牛的角尖更尖锐；野牦牛的角往前长，家牦牛的角向上长；野牦牛比家牦牛额头要大，明堂要长，眼眶要大，嘴巴要宽；野牦牛的牛毛短，牛绒少；野牦牛的牛筋弯度更大，所以力量更大；野牦牛做成的肉干更脆，肉汤更浓；野牦牛行走的时候，总是采取弯弯曲曲的行走路线，眼神中好像充满了警惕和敌意，而家牦牛一般会走直线，眼神也比较温和；野牦牛一般生活在石山、沼泽，因为那里的草质硬，是它们所喜欢的。野牦牛跟家牦牛也有相同之处，那就是野牦牛跟家牦牛一样有夏牧场冬牧场，会按季节迁徙。

牦牛以"高原之舟"著称，它们是重要的交通工具——驮牛。过去，人们的生活是无法离开这些驮牛的。它们不仅担当了运输工具的角色，而且还与当地人的衣食住行密切相关：牦牛肉非常美味，牦牛奶可以做酥油、曲拉，牦牛皮可以做冬暖夏凉的黑帐篷。

牦牛浑身都是宝。野牦牛的角又大又粗，牛角可以用来做挤奶桶，只要把尖锯掉，就可以放置在地上，这样的牛角桶据说可以装六七斤牛奶。牦牛角还可以防雷电，与避雷针类似，所以人们经常将它们挂在帐篷中。从前，野牦牛的头和脖子上的皮特别厚，可以达到三厘米厚，可以用来做切肉板；拿来做皮制品的时候，老人踩在上面，既能让足部保暖还能缓解关节疼痛。野牦牛的尾巴可以做掸子，用来拂去尘土；尾巴上的毛还可以用来做"黑眼镜"——由于太阳和白雪十分刺眼，牧民戴上黑眼镜可以避光。牦牛的舌头晒干了可以当梳子用，因为它们的舌苔足足有一厘米长。牦牛血是非常好的补品，但是当地的年轻人都不敢喝，据说喝了之后脾气就会变得跟牦牛的脾气一样坏，所以牦牛血经常是老人们在喝。

平日里公牦牛和母牦牛分成两群生活，交配的时候才会在一起。公牦牛一般七月开始发情，到九月底十月初结束。公牦牛有两种，一种有生殖能力，一种无生殖能力。有生殖能力的一般头部的毛泛红；无生殖能力的头部的毛一般只是黑色，它们像母牦牛一样，平时也在母牦牛群中生活。野牦牛初次发情的年龄要比家牦牛晚，家牦牛一般在三岁，野牦牛一般在六岁。野公牦牛的性能力也没有家公牦牛的强，家公牦牛可跟三十头母牦牛交配，野公牦牛却只能跟十五头母牦牛交配。小野牦牛刚生下就能站起来，小家牦牛出生后则需要几天才能站起来。母野牦牛的奶量充沛，母家牦牛的奶量比之不及，三头母家牦牛的奶量才能够满足一头小野牦牛成长的需要。小野牦牛在刚生下的前两天会跟着母亲，第三天就开始四处跑，只有吃奶时才回到母亲身边。在大风雪中，小家牦牛经常被冻伤，小野牦牛却一点都不会受影响，小野牦牛在体质上明显比小家牦牛要好。

牧民为了改善家牦牛的基因，会专门将发情的母家牦牛赶到野牦牛出没的地方，这样它们生下的牛犊就又大又壮。野牦牛也会到家牦牛群中跟母牦牛交配，同一头野牦牛会固定地去同一家，好像跟那家的母牦牛建立了爱情关系。有的母牦牛也会跑到野牦牛群，跟着"情人"私奔。这时候牧民们可不敢随便去赶自己家的牛，因为牧民们都知道野牦牛特别凶猛，它会突然扑过来，到时候想躲都来不及，要想赶回自己家的牛，只能过后再找机会了。野牦牛也常常会影响到牧民们的生活：野牦牛进入家牦牛群，霸占母牦牛，赶都赶不走，所以牧民这时候根本无法挤奶，过一段时间野牦牛才会让主人靠近母牦牛，不过仍然不让其他人靠近。

日松说，有一头野牦牛每年都会去他家牛圈，那头野牦牛已经认识他们家的人，所以他们不担心会被攻击。在他们家牧场转场的时候，他女婿来帮忙。野牦牛不认识他女婿，当他女婿靠近的时候，那头野牦牛突然冲出来，用自己的牛角对准女婿的屁股将他高高顶起，然后抛到空中，重重地摔在地上。但那头野牦牛还不罢休，冲过去又用角挑着他的肚子扬到后面很远的地方。他女婿那次受伤非常严重，肚子破了，肠子都露了出来。他们赶紧用围巾给他做了简单的包扎，然后用车将他送到格尔木抢救，经过五个小时的抢救才脱离了危险，那次他女婿休息了三个月才出院。日松还告诉我，野牦牛伤人的事，他们当地每年都会发生几起。曾经有人被野牦牛的牛角从肛门插入，穿破肠道，刺入腹腔，导致失血过多而亡。那头野牦牛就顶着那人的尸体跑到山里。后来人们看到那头野牦牛的角上有一具人的枯骨，野牦牛就那样顶着枯骨在吃草。

尕塔说，野牦牛的力量惊人，即使是小牛，力量都大得惊人。俗话说"初生牛犊不怕虎"，果真一点不假。一头小野牦牛见到一辆奔驰的越野车会直接迎面冲过去，用自己的牛角顶着越野车。越野车剧烈震动，好像要被它掀起，真是无法想象此刻坐在越野车里的人承受着怎样的心理压力！传说，军阀马步芳的军队经过牧区，他们见到四头野牦牛，就想将这四头野牦牛抓来吃掉，于是他们用枪扫射，打死了一头，打伤了一头，另外两头逃走了。他们一队人吃了一头牛，有一个士兵想把打伤的那一头也宰了。他想野牦牛已经瘫倒在地，应该没什么危险，就端着枪过去，在靠近那头受伤的野牦牛的时候，那头受伤的野牦牛却突然站起来，拼命朝他冲了过去。那士兵赶紧开枪，可是那头野牦牛还是把他压倒了，正好顶到他的头部，等其他士兵赶过去的时候，惊恐地发现那位士兵的头颅已经被挤爆了，他的项上只剩下了一张头皮，他们只能赶紧把那士兵的尸体就地埋掉。目睹了这场事故的士兵，无不感叹野牦牛的力量之大。

野牦牛家族是可可西里最有骨气的动物家族，它们就算饿死，也不会吃同类的骨头。它们通常吃悬崖上的草，因为那里的草干净，就算饿死也不吃沼泽的草，渴死也不喝沼泽的水。它们遇到敌人，会坚持斗争到最后。猎人如果打伤了野牦牛，野牦牛会一直追逐猎人，如果猎人藏入洞中，野牦牛会用头顶住洞口，假如没人来救，猎人就别想再出来了。

雪域精灵：藏羚羊

藏羚羊家族是可可西里动物王国的明星，在可可西里常常可以看到它们矫健的身影，它们被称为"雪域精灵"。藏羚羊可以说是可可西里的"代言人"。藏羚羊身上的毛，毛尖是红色的，毛根是白色的。它们跑步时身体弓起，像箭一样前进。藏羚羊最大的特点是奔跑迅速：野牦牛每小时可以跑四十公里，藏野驴每小时可以跑六十公里，藏羚羊每小时则可以跑八十公里。毫无疑问，它们是可可西里跑得最快的动物。藏羚羊之所以跑得如此之快，源于它们身体的独特构造：它们的四肢很细；它们在奔跑的时候会逆风，因为它们的身上有六个风袋子，两个在鼻孔中，另外四个分别在四肢的腋窝处，逆风会把它们身上的这六个风袋子吹起来。这时候，它们就像飞机起飞一样飘浮起来——看它们奔跑的时候，你会惊讶地发现它们的四肢似乎已经离开了地面。

居住在高原上的藏羚羊为人们所熟知，据说是因为当年它们曾经被大量猎杀，盗猎者只为取得它们身上的绒——藏羚羊的绒不会在草好的八九月生长，而是在草差的三四月生长，因为此时它们的体质差，最需要这些绒的保护。藏羚羊的绒被称为"羊绒沙皇"，被人们用来制造一种叫作"沙图什"的披肩。这种披肩被欧洲的贵妇人热捧，因为它们非常柔软、温暖、轻盈。一条沙图什只有百克左右，甚至可以从一枚戒指中滑过，又被称为"指环披肩"。沙图什的稀有和珍贵，加上人们的追捧，最终导致大量的藏羚羊被屠杀。眼看藏羚羊的数量日渐锐减，人们开始呼吁保护，藏羚羊就是这样被全球的人所熟知的。

在可可西里，藏羚羊平日里公母分开生活，直到发情时，才会分群交配。公藏羚羊会通过决斗来获得母藏羚羊的青睐，获胜的公藏羚羊会跟一群母藏羚羊交配，通常是六七只。这些母藏羚羊怀孕后，会由三四只公藏羚羊带队，向着太阳湖迁徙。太阳湖是它们固定的产崽地，受孕的母藏羚羊会在六个月后生产。它们之所以选择在太阳湖生产，不仅因为那里水草充沛，气候相对温暖，还因为太阳湖鸟类众多，这些鸟类的粪便是藏羚羊的饲料，而母藏羚羊的胎盘和脐带则是鸟类的食物。藏羚羊在吃了鸟粪饲料后奶量充沛，小藏羚羊吃不完的奶水溢流出来又成为鸟类的食物。它们处在一个如此和谐的社会里，让人不得不惊叹。

小藏羚羊长大后，又会分成公母两群，小公藏羚羊舍不得离开自己的母亲，它们的母亲就会跟它们说："你们放心，只要路上不遇到雄热西根波，我们还会见面的!"索南毛拉跟我说，这是他们当地的传说，雄热西根波是一位传奇的猎人，后来化成了一座神山。大藏羚羊带着小藏羚羊往回迁徙，在过河时，大藏羚羊会在下游排成一排，用角扶着小藏羚羊过河。它们像知道自己的户口一样，当初从哪儿迁徙而来的，就要回到原来的地方去。

藏羚羊有两种：一种叫"黄牛"，藏语叫"诺"；一种叫"公牛"，藏语叫"凯"。前者的角尖微微弯曲，后者的角则是直的。藏羚羊的角都是直立向上的，在过去部落混战的时代，藏羚羊的角常被人们用来做刺刀，因为藏羚羊的角有一圈一圈的纹路，非常好握，但尖上有毒，一戳致命。藏羚羊的角过去也常被用来做枪支的支架。藏羚羊的角是练出来的，它们会跟同伴打斗，还会用角瞄准自己的粪便顶，以此不断地磨砺自己头上的角，所以它们的角尖特别尖利，角身也非常光滑。藏羚羊的角上有一圈一圈的纹，好比树的年轮，一年长一圈。藏羚羊有九到十一年的寿命，藏族人从角尖开始为藏羚羊角圈取名，一圈叫幸福年代，下一圈叫痛苦年代，幸福和痛苦一年一年交替，直到藏羚羊死去。据说，它们大多是在痛苦年代死去的。藏羚羊除了角有特殊功用外，皮据说还有辟邪的功能。猎人在外出打猎的时候，只要随身携带一块藏羚羊皮，就可以避免刀枪伤身，防止发生各种意外。

虽然藏羚羊现在非常有名，但是在藏文化中它们却没有这样的地位，名声也没那么好。它们的脸非常黑，被牧民认为是魔鬼养的动物。牧民们认为藏羚羊的品行也不好。在猎人靠近的时候，有的藏羚羊发现自己的兄弟姐妹被猎人瞄准后，非但不会发出警报，反而会悄悄地躲在那些兄弟姐妹后面，直到猎人打死了自己的兄弟姐妹，它才狂奔逃离。这样的性格，在牧民们眼中不仅懦弱，还相当阴险。藏羚羊的阴险还体现在两只藏羚羊决斗的时候，最后的结局总是出人意料，通常是赢的那只藏羚羊死。两只藏羚羊决斗后，输了的会狂奔而去，赢了的会追上去，这时输了的藏羚羊会瞅准时机突然回头，用尖角把赢了的藏羚羊插死。人们向来痛恨卑劣之人，故而同样会瞧不起"使用手段"的藏羚羊，可是生物界就是如此残酷。现在藏羚羊遍布可可西里，它们活跃在这片广阔的天地间，被人们称为"可可西里的骄傲"。

神的坐骑：藏野驴

藏野驴家族是可可西里动物王国中最有灵性的，牧民认为藏野驴就是野马，它们是山神的坐骑。在藏语中有九个描述藏野驴形象的谚语："从后面看像一个人持着一根矛，从正面看像一个人牵着羊在走，转过头的样子像一位持矛的骑士，成群吃草的样子像极了骡子，遇到惊吓时候的神态就像白唇鹿，到了山顶像哨兵，到了山谷像猎人，到河边像打水的人，到帐篷周围像拾粪的人。"这都源于藏野驴的毛特别光滑，身体各部位毛色各异，背面是棕红色，尾巴是黑色，屁股是白色，肚子是白色，腿是白色，从不同的角度看去就会有不同的形象。

藏野驴被认为是山神的坐骑，据说是有"证据"的。在可可西里，曾经有多个牧民见到死去的藏野驴头上有戴过笼头的印迹，他们说那就是神仙的笼头。因为在可可西里，人们很少养驴，所以死去的藏野驴头上显现出的笼头的印迹，就只能解释为是山神为它们套上的笼头留下的。

　　日松的外甥女住在玉珠峰下。一次，她远远地看到日松骑着马正穿过雪地，朝他们家走来。外甥女看到舅舅来了就赶紧回去做饭，可是等她做好了饭菜，左等右等却不见舅舅到来。她担心舅舅出了意外，赶紧到外面去查看情况，可是雪地里只有野驴经过的印迹，哪有舅舅骑马的踪迹？而远处正好站着一头野驴，这时候她才恍然大悟，原来是山神骑着野驴经过了这片雪地。

　　藏野驴也是公母分开生活的，有交配能力的是种驴，无交配能力的跟母驴生活在一起。到发情期的时候，它们会集中七天完成交配；到母驴临产的时候，它们也会集中七天进行生产。藏野驴的生产颇具神话色彩，母驴到了生产的日期，公驴会到高高的山上，在两边的牙齿各咬上一颗石子，不吃草，不喝水，它们可以借此控制天气，保持晴天，直到母驴们生产完毕。

　　藏野驴有时会跟马交配，生下的就是骡子。藏族人很少养驴，不过索南毛拉的舅舅曾经养过一头驴，那头小藏野驴被索南毛拉的舅舅从小养到大，一直在马群中生活，估计它也以为自己是一匹马。

　　藏野驴的肉是最美味的，它们的肉被称为富裕的王子吃的肉。藏语中有谚语说："不要让穷人和富人习惯驴肉，否则他们会每天都上山打藏野驴。"

　　藏野驴有美丽的皮毛，它们也非常爱干净，宁可渴死都不喝脏水。它们的性格跟野牦牛一样倔强而顽强，它们在被人打伤后，会咬住人的一个部位，直到死都死死地咬着，似乎要让伤害它们的人知道，就算死了，它们也不会轻易屈服。

佛祖之兽：白唇鹿

在可可西里动物王国中，白唇鹿家族是一个神圣的动物家族，它们的形象笼罩着庄严的色彩。远远看去，你不难发现，它们白色的嘴唇就像长老的白胡子。它们体形高大，身上的毛厚密且粗硬，被当地人认为是佛祖的坐骑。

关于白唇鹿，有这么一个有趣的传说：白唇鹿的鹿角周围有一圈小球，好像念珠一样，传说是莲花生大士的珠子。莲花生大士要渡河，他先找到盘羊，盘羊不理他，他就发下咒语："让你的头上长角，角越长越大，头越来越重，吃不到草。"所以盘羊至今都顶着一对大角，俗称"大角羊"。白唇鹿知道莲花生大士要渡河，就主动要渡莲花生大士，莲花生大士很受感动，就发愿："让你的角每年都换一次。"所以白唇鹿每年都会换新角，不用像盘羊一样一辈子顶着重重的角吃草。白唇鹿每年换角时，鹿茸会掉下，人们就可以捡拾鹿茸了。鹿茸是一味珍贵的中药，不仅能够壮阳滋补，还对神经衰弱有很好的疗效。

藏族人认为公的鹿、马、骡为三大雄性动物，因为它们都没有乳头，在他们眼中，乳头似乎是雌性的一个标志。而白唇鹿又位列这三大雄性动物之首，因为它们是神仙养的动物。白唇鹿一般生长在高海拔地区的河边，它们都是游泳高手，有的白唇鹿会吃青蛙，这样的白唇鹿就显得特别肥。白唇鹿的夏牧场通常在河东，春牧场通常在河西，每年春天白唇鹿都会换角，所以鹿茸经常落在河西。

白唇鹿浑身是宝，它们的皮厚度均匀，质地柔软，人们在固定马鞍的时候，往后面固定在马尾下的叫马秋，这马秋据说通常都是用鹿皮来做的。藏语说一个男人像鹿皮一样，就是形容这个人处事特别公平。

雪山之王：雪豹

在可可西里动物王国里，雪豹可以说是高贵的王族。它们在藏族文化中代表着吉祥，处于可可西里食物链的最顶端，常年生活在人迹罕至的深山雪地里，神出鬼没，外形酷似白色的老虎。对于这样的动物，人们似乎更愿意尊它们为王者，这也是我写作《雪豹王子》的灵感来源。

雪豹在可可西里是一种隐秘的物种，它们白天隐藏在岩石中，夜晚才出来捕猎，所以很难被人发现。尕玛跟我说，雪豹研究专家杨欣用红外摄像机在山上只发现了九只雪豹，雪豹的隐秘可见一斑。雪豹隐秘到何种程度？据说它们会把自己的粪便埋起来，隐藏自己的踪迹，只有有经验的人才能挖到它们的粪便，确定附近是否有雪豹。除了通过粪便，寻找雪豹的蛛丝马迹还有一种方法，那就是在石头的尖角处探寻，因为雪豹在发情时会发痒，它们会在石头上磨蹭，一磨蹭就会在石头的尖角处留下它们的印迹。

雪豹的尾巴非常长，据说可以在它们的头上绕三圈。雪豹全身上下最珍贵的就要数它们的尾巴，当地人说雪豹的身体值一只羊，尾巴值一匹马。根据雪豹尾巴的长短，人们还将雪豹分成了两类，一类是长尾巴的，一类是普通的，它们的毛色有区别。传说雪豹会站起来学人的模样，它们把尾巴盘在头上，仿佛戴着一顶毡帽，然后以一只爪子向人类招手，把人骗过去吸血。雪豹喜欢喝血，就像人类喜欢喝酒一样，血对它们而言有类似酒的功效，它们喝了血以后会"酩酊大醉"。传说雪豹一般是不攻击人类的，只有"喝醉"时才会攻击人类，一旦它们攻击人类，会咬住人的脖子不放，一旦开始吸血，就势必会将猎物的血全部吸干。

雪豹会吃牦牛，传说它们会用嘴牵着牦牛的鼻子，用尾巴赶着牦牛的屁股，到了地方后才将牦牛吃掉。当地的父母为了让小孩认真放牧，会跟小孩讲："你们要好好放牧，不要睡觉，否则雪豹来了就会把你们吃掉。雪豹的尾巴可以在头上盘三圈，它们还会学人站起来走路，等它们走到你们身边，如果你们还在睡觉的话，它们就会一口把你们吃了。"小孩害怕被雪豹吃掉，就会好好放牧，不敢再偷懒睡觉了。

曾经有一户牧民经常在晚上丢失小羊，牧民知道是雪豹干的。为了捉住这只偷羊的雪豹，他跟自己的儿子藏到了羊圈里。等到半夜，这只雪豹果然又跳入了他们家的羊圈，牧民和他的儿子虽然早有心理准备，但是真正看到雪豹的时候，他们还是害怕得浑身发抖。为了保护家里的羊群，牧民鼓起勇气用力抓住了那只雪豹的尾巴根部。雪豹发现自己的尾巴被人拽住后，急得左右扭头，都无法咬到牧民。牧民大叫着让儿子用斧头砍雪豹，他的儿子太过紧张，几次都没有砍到雪豹。后来儿子发现，雪豹的尾巴被抓住后，就无法咬到人，他醒悟过来，镇定了下情绪，重新瞄准雪豹的头，一下子就将那只偷羊的雪豹给砍死了。

我曾经听到修行者桑旦喇嘛讲述自己跟雪豹的故事。桑旦喇嘛到一座神山修行，他在山洞中搭了床铺，有人定期给他送食物。这天，他正在床上打坐修行，进来了一只母雪豹，嘴里叼着一只小雪豹。他以为是鬼怪的化身，拼命念经文，后来发现是真正的雪豹，当天晚上他吓得没有在洞里住。过后他向上师请教，上师让他继续在那里修行，于是他又进入山洞，跟那对雪豹母子共处。慢慢地，雪豹就如同他的狗一般温顺亲昵，尤其是小雪豹，还找他玩耍。有时没有吃的，他就吃一些母雪豹带回的肉。等到小雪豹长大，母雪豹带着小雪豹离开了山洞。有一次大雪封山，山下没有如期给他送来食物。正当他饥饿难忍之时，母雪豹给他送来了一头岩羊。这山上有一个嗜杀成性的猎人，桑旦喇嘛为了保护这里的野生动物，把猎人赶走了。后来，那座神山就成了野生动物的乐园。

智慧如人：棕熊

人们常常以为棕熊是一种凶猛而笨拙的动物，其实不然，在可可西里这片广袤土地上生存的棕熊家族，有着与人一样的智慧。它们经常会装成人的样子，等牧民不在家的时候，悄悄地闯入人家屋内自己翻东西吃，吃饱喝足后，屋里所有的东西也都被它们给糟蹋了。棕熊虽然很聪明，但是它们和其他动物一样，难逃猎人的罗网。以前猎人捕捉到棕熊，会选择性地留下它们的皮。熊皮有两种：一种是热性的，淡黄带红，适合做褥子，这样的熊皮还可以治疗风湿；一种是凉性的，黑中带白，是冰凉的，这样的熊皮什么都做不了。

在当地牧区流传着许多关于棕熊的传说。传说棕熊喜欢抓人脸，因为棕熊非常害怕人脸，所以见了人首先抓脸。人若遇到棕熊，只有往山坡下跑才能逃命，因为棕熊往山坡下追人的时候，它们的脸皮会因为下坠而变松，松垮的皮肉会挡住它们的眼睛，它们的视力就会变弱。若是往山上跑，它们脸上的皮肉往后坠，视线不被遮挡，它们就会奋起直追，逃跑的人必然被抓住。传说棕熊还会把牛粪放到头顶，装成戴帽子的人，然后一只爪子摸头，一只爪子向人招手，把人骗过去吃掉。

棕熊为什么能将人类的动作模仿得如此惟妙惟肖？江文才让给我讲的故事，让我想到了其中的答案。传说有一个受伤的猎人，他在荒野中马上就要死去了，这时来了一头母棕熊，它用舌头舔舐猎人的伤口，将猎人救活了。猎人活过来后，母棕熊将他带到了自己的山洞里，他们成了一对情侣，又生了几个孩子，孩子长得有点像人又有点像熊。

在牧区有关棕熊的传说最多，大概是因为人们惊讶于棕熊的聪明。据说很久以前，有一头棕熊闯入一户牧民家中，当时那户牧民家只有一个女人。女人看到棕熊非常害怕，她想起动物怕火，就赶紧烧起了一堆火。可是那头棕熊并不怕火，它还当着女人的面伸出爪子过去烤火。女人想尽一切办法，都没能把那头棕熊驱走，无奈之下，她只好念经向观世音菩萨祈祷。那头棕熊听到观世音菩萨的名号，知道观世音菩萨法力无边，就自己主动离开了。从那以后，棕熊也开始念起经来。所以直到现在，棕熊走路时总是发出嗡嗡声，牧民们都认为那是它们在念经。

有两个牧民家老是丢失酸奶。他们两家每次制作酸奶的时候，都会用衣服蒙好酸奶桶。可是第二天，好好的一桶酸奶就莫名其妙地消失了，而且他们两家是轮番丢失的，这两家人都互相猜忌是对方偷了自己家的酸奶。直到有一次，几位下乡干部在去两家的路上遇到一头棕熊，这头棕熊的脖子上挂着酸奶桶，正吊儿郎当、摇摇晃晃地走路。它脖子上的毛油光可鉴，一看就是吃酸奶养护的。这头棕熊走路的时候鼻孔中还不时地发出声音，就像一个酒足饭饱的人吹着欢乐的口哨。事后干部们赶紧将这件事情告诉了那两户牧民。这两家人知道是棕熊偷了他们的酸奶，这才冰释前嫌。现在我们所看到的棕熊，它们脖子上的毛油光可鉴，据说就是当年偷吃牧民的酸奶留下的证据。

有户牧民每晚都有牲口被棕熊吃掉，这家人虽然很着急，但是晚上天太黑，根本看不清棕熊，所以一直没有应对的办法。直到他们家来了位客人，这位客人向这家人吹牛说自己胆子非常大，让主人把打熊的任务交给他，他要端着枪抵到棕熊毛才开枪。主人信了客人。晚上客人端着枪出去，其实他也非常害怕，硬着头皮冲过去，遇到一只毛茸茸的动物，开枪就打，动物应声倒地。他顾不上管这倒地的动物，扛着枪赶紧跑了回去，告诉这家人说棕熊已经被他打死了。天亮后他们一起去查看，才发现被打死的哪里是棕熊，而是主人家小儿子的宝贝牦牛——在牧区的藏族人家，每个人都会有一头自己喜欢的宝贝牦牛，就像宠物一样。主人家的小儿子看到自己的宝贝牦牛死了，痛哭起来。这位客人看到自己犯下了大错，从此以后再也不敢胡乱吹牛了。

在可可西里曲麻河乡的最边缘处有一座高山，高山上的草场属于措池村的落松星巴。落松星巴在帮军队托运物资到沱沱河的时候，有一位战士送了他一颗手榴弹。落松星巴不知拿这颗手榴弹干什么，就暂时将它放在了箱底。后来，他家每天都有牛羊被野兽吃掉，他才想起那颗手榴弹。为了炸死夜间袭击牛羊的野兽，他取出手榴弹，把保险盖打开，又把一袋面放在离他家房子五十米的地方。他用一条绳子的一头拴住面袋，一头拴住手榴弹拉环，然后把手榴弹压在石头下面。他洋洋自得地想，等那些野兽扛起面袋离开的时候，势必会拉响手榴弹的拉环，到时候它们一定会被炸死。落松星巴家的房子是三间简易房，他们一家人都睡在中间的那间房子里。当天晚上他们睡下，半夜就听到一声巨响，他们虽然感觉整间房子都被震得地动山摇的，但是半夜三更的，谁也没有心思起来去看看，心想那么大的爆炸声，袭击他们家牛羊的野兽一定都被炸死了。哪知天亮后，落松星巴却发现他们家旁边的房子被炸塌了，爆炸点竟然是在这间房的房顶上。落松星巴又去看了昨天他放的那袋面——面袋不见了，地上有明显的棕熊脚印。落松星巴终于明白，原来昨天晚上棕熊把石头挪开，搬着这袋面跑掉了。因为手榴弹吊在面袋上非常碍事，棕熊就把手榴弹扯下来，朝着远处随意一扔，没想到正好扔到落松星巴他们家旁边那间房的屋顶上。听到手榴弹引发的巨大爆炸声，棕熊一定是吓得抱着那袋面一溜烟跑掉了。虽然落松星巴他们家损失了一间房，但是从此以后，他们家的牛羊圈再也没有野兽来过，因为浓烈的火药味让野兽们不再敢靠近。

可可西里的棕熊虽然很聪明，但毕竟是棕熊，它们也有脑袋转不过弯来的时候。据说棕熊最爱吃肥肥的哈拉，也就是旱獭。有一次，一个牧民在山上看到一头棕熊在挖旱獭的洞，只见那头棕熊抓到一只旱獭，它先夹到自己的左腋下，然后用右熊掌猛拍

33

旱獭的头，把旱獭拍晕，又接着挖旱獭的洞。它又挖到一只，这时候它就把腋下的旱獭放下，把新挖到的那只旱獭夹到左腋下，又用右熊掌将那只旱獭拍晕。它挖到第三只旱獭的时候，依然重复前面的步骤。它就这样持续不停地挖出了七只旱獭，原本以为可以美美地享受七只旱獭大餐，但事实却是它只吃到一只旱獭，也就是第七只，因为前面被它拍晕放下的旱獭都已醒过来跑掉了。所以藏语中有句谚语说："棕熊抓哈拉，最后抓不到。"

尕塔的爷爷在打猎时也遇到过这么一件事。那次他在山上打猎，看到通天河畔有一头母熊和两头小熊，母熊想要带着两头小熊过河，可是它每次只能扛一头过河，它想来想去就把一头小熊先赶到洞里，扛着另一头先过河。过到一半的时候，母熊发现洞里的小熊爬出来正朝河边跑来，母熊担心那头小熊会被淹死，赶紧带着肩上的小熊重新回到岸上。于是它把肩上的小熊放进洞里，扛着河边的小熊过河，可是等它渡到河心的时候，岸上的那头小熊已从洞里爬出来自己冲进河里。母熊非常着急，就把肩上的小熊放下，赶紧回去抓河边的小熊，可是还没等它走到河边，河边的小熊已经被大水冲走了。它转过身来，河心的小熊也已被水冲走了。眼看着两头小熊都被河水冲走了，母熊绝望地在河边一直哀嚎。

在可可西里，传说还有一种专门吃人的棕熊，它们全身只有下巴和颈部以及四肢的下臂有毛，跟人长得非常像。关于吃人的棕熊，尕塔的爷爷曾经给他讲过一件真实的事。1949年前，夏日寺喇嘛雇用了一个二十岁的女孩放羊，女孩晚上还要负责看守寺庙里的羊。一天早上，寺庙里的喇嘛发现女孩死了，并且死得很诡异——她的头部不翼而飞，剩下的尸体却是完整的。喇嘛带着众人四处寻找女孩的头颅，直到中午的时候，他们才发现了一串棕熊的足迹。他们顺着足迹来到了一个山坡上，那里正有三四只喜鹊聚集在一起，他们上前赶走喜鹊，才看到女孩的头颅。令人诧异的是，女孩的整颗头颅看起来非常完好，头发没有丝毫凌乱，皮肤也非常完好，就好像睡着了一样，没有人知道这头棕熊为什么要这么做。后来这头棕熊又以同样的方式连续杀了三四个人。直到一个强壮的猎人在通天河下游一百多里处遇到了这头棕熊，猎人和棕熊展开了一场殊死搏斗，最终猎人把棕熊砍死，剥下了它的皮，将它的皮放在了夏日寺的大经堂。

棕熊杀人的时候为什么会取下人的头颅？日松给我讲了一个传奇的故事。他们当地有一个很有名的藏医，他在给一位牧民看完病后就骑着马往回走，突然半路上闯出一头棕熊，吓得这名藏医不知如何是好。让藏医没想到的是，这头棕熊并没有伤害他，而是牵着他的马往前走，一直牵到一个洞口，只见洞里躺着许多生病的棕熊，藏医终于明白那头棕熊为什么会带他来这里，原来是要他给它的同伴们治病。藏医虽然害怕，但还是硬着头皮给那些棕熊诊治了一番。在他的治疗下，那些棕熊有了明显的好转。这时，将他带来的那头棕熊把一件东西放到了他的药箱中，又把他送回了原来的地方。他回到家后打开药箱，居然发现了一颗女人的头，那颗女人的头上插满了各种宝石珠钗，真是让人震惊不已。

江文才让也给我讲了一个类似的故事，说的是一头母棕熊取到一颗女人的头，这个女人的头上插满了各种珍贵饰品。棕熊想自己拿着也没什么用，于是又偷了一个人类的小女孩将她养大，然后把那些昂贵的首饰都给了小女孩。

在当地人眼中，棕熊不仅智慧如人，它们还是神圣的。曾经有一个妙手回春的神医，有一天他正在睡觉，就被山神给叫醒了，山神让他去给自己的老婆治病。当神医抵达山神的居所时，发现一头躺着的母棕熊，神医给母棕熊切脉诊治，很快就把母棕熊的病给治好了。山神很高兴，就商量着好好招待一下这位神医。几个山神在一起商量谁去打猎，最后推举山神萨姆公南去打一头白色的牦牛回来。萨姆公南没去多久，就打回了一头白色的牦牛，神医和他们一起分享了这头白牦牛。酒足饭饱后，神医回到家中，发现邻居家的白牦牛丢了，他想起山神在夜里打的白牦牛，赶忙跟邻居说，牦牛被山神享用了。

凶狠杀手：狼

在可可西里动物王国中，狼家族是最有组织性的。它们团结协作，就好比一支训练有素的队伍。

狼是群体性动物，经常由一个首领即狼王带领。狼王跟族群里的其他狼会有所不同，它的毛色特别好，体型和能力也都比其他狼突出。攻击动物的时候，狼王会首先发号施令，所以在整个狼群中，狼王对猎食起着关键作用，狼群里的小狼也都学它。在可可西里，狼群的组成从五到五十匹不等。群狼一般不轻易攻击人类，但是有时也会围攻。人类如果想要打败它们，就要先打狼王，只有打退了狼王，整个狼群才会撤走，这就是擒贼先擒王的道理。

一次，尕塔的爷爷遇到四匹狼，它们突然向他发起攻击。尕塔的爷爷身上虽然带着枪，但是那时候的枪需要点火才能够发射。眼看四匹狼同时向他扑来，他来不及点火，就抡着枪托朝狼王砸去。狼王被击中，惨叫一声逃离而去。看到狼王受伤逃走，剩下的那三匹狼也便跟着狼王离去了。所以在可可西里遇到围攻人类的狼群，只有打败狼王，人才有生还的可能。

可可西里的狼一般不会主动攻击人，但是并不代表它们对人类友好，要是把它们逼急了，它们也会吃人。曾经有一个牧民，他家的牦牛丢了，他叫了一个朋友跟他一起去寻找。后来他们找到了那头牦牛，那头牦牛早已被狼咬死，在牦牛的周围正围着四十多匹狼，它们属于不同的群体。这时已是黄昏，牧民和他的朋友都没有带枪，他的朋友就劝他回去，可是牧民舍不得自己的牦牛都让狼给吃了，他想要割下牛尾带回去。他认为狼不敢攻击人，把狼赶跑后就开始割牦牛的尾巴。过了一会儿，他惊讶地发现，那些被他赶跑了的狼竟然匍匐着从四面八方向他靠近。他头皮一阵发麻，赶紧朝狼群扔了几块石头。狼群后退了几步，又开始匍匐前进。牧民加快速度割下牛尾，赶紧离开。牧民刚一离开，一群狼便猛地扑了上去，顷刻间就把一头牛吃了个精光。看着眼前仅剩的牛骨架，牧民和他的朋友都感到后怕，在狼口下夺食，真是极其危险，要是他们再慢一步，狼一定会扑过去把他们全部都吃掉。

在可可西里，狼是异常冷酷和凶残的一种动物。它们有时候会像一个极端的暴徒，在攻击猎物的时候，不仅不会手下留情，而且还会拼尽自己的力量，能杀多少就杀多少。有一次，当地一个小孩放羊时睡着了，等他醒来的时候，原本他放牧的五百只羊只剩下不到四百只。小孩着急地四处找寻，可是怎么都找不到这莫名其妙失踪的一百多只羊。眼看天已经黑了，他只能先赶着剩下的羊回到村子里。第二天天亮后，村里的大人陪着小孩一起去找羊，他们发现那一百多只羊竟然已经全部被狼咬死了，每隔五六步就有一只死羊，这些羊好像经历了一场大屠杀。后来他们又在那些羊的尸体附近找到了一匹死狼。原来狼为了咬死所有的羊，最后把自己累死了。

在可可西里，狼不仅冷酷凶残，而且还非常狡猾。猎人打猎的时候，朝狼打一枪，狼会装死，这时猎人会以为自己已经打到了狼。等猎人放下枪准备走过去捡拾猎物时，狼就会突然跳起来逃走，狼的狡猾由此可见一斑。狼的狡猾还体现在它们在遇到牛羊时会故意装瘸子，或者故意装瞌睡、装羸弱。牛羊们看到一匹一瘸一拐的狼，或者一匹病恹恹的狼，都会以为这样的狼对它们根本不是什么威胁。然而等到狼一靠近，就恢复它原本的状态，跳起来突然发起攻击，狠狠地把牛羊咬死。狼的狡猾中还带着几分智慧，狼在攻击野驴时，不会直接发起攻击，因为会被野驴踢。这时候它们会把野驴赶到结冰的河边，因为野驴的蹄子虽然坚硬，但是在光滑的冰面上会打滑。野驴一旦到了冰面上，它们就会一拥而上，把野驴咬死吃掉。

在可可西里，狼的聪慧让它们不得不带着几分倔强。有一段时间，牧民尕桑家每天都有牦牛被狼咬死，那段时间正好是牦牛的生产期。为了保护牛群，牧牛的时候，尕桑会拿着望远镜观察。果然在离牛群的不远处，他发现了四匹狼，可惜那四匹狼不在射程范围内。通过望远镜，尕桑看到那四匹狼都在假寐，虽然狼王和另外三匹小狼都在一动不动地躺着，但是狼王却时不时地睁眼偷看牛群。人和狼都在等待机会。牦牛以为狼在睡觉，根本没有在意，等一头无角牛过去的时候，狼王突然吼叫一声，跳起来扑到了那头无角牛的脖子上，还伸爪抓住了牛的鼻子，三匹小狼趁机也跳上去撕咬。尕桑快速向前移动，抓准时机，向狼王开了一枪。狼王被打中，却依然挣扎着逃走了，翻过一个小坡一直跑到了河边。尕桑想着等狼王断气了他再过去。等他过去的时候，发现狼王果然已经死了，但是它把头伸进了一个洞里，以肛门来对着尕桑。尕桑说，人恨狼，狼也恨人，狼到死也要以肛门对人。

在当地，猎人打猎要一枪把狼打死，因为据说让狼受伤离去不吉祥。然而狼在当地人眼中也是一种吉祥的动物，狼的出现，有时候是一种吉祥的预兆。在可可西里，如果你要到远方去办一件大事，假如路上有狼从右面绕过，这件事一定会做成。

狼的舌头可以治咽炎；狼的牙齿是吉祥物，经常被牧民取下来挂在脖子上。狼也跟藏羚羊一样，只有厉害的公狼才有交配权。母狼每年都会生一窝小狼，一窝三四匹。母狼在喂小狼时，会吐出自己的食物给小狼吃。狼喜欢嗥叫是众所周知的，狼的叫声有两种，一种是用来号召群体进攻的，还有一种是它们的哭声。据说狼吃饱后会哭泣，所以藏语有"饿狼喂饱会哭，女人养好会泣"之说。

狼虽然长得像狗，但它们无法被驯服，因为野性深深地埋在了它们的骨子里。据说有一只名叫香木额查的狼，被一个猎人打死了。三天后，猎人把狼皮剥掉，放在自家的黑帐篷上晾着。那天半夜就出现了一个女人，女人喊着香木额查的名字："香木额查，你可是我用九头野驴换的，不论你在天上还是地下，赶紧给我回来！"听到女人的呼喊，帐篷顶上的狼皮突然就复活了，跟着女人一起离去了。第二天，猎人发现狼皮不见了。

芳香之源：麝

在可可西里动物王国里，有一种会散发香味的动物，那就是麝。麝家族以健美著称，它们可以说是动物王国中的美人家族。藏语谚语这样形容麝："毛尖像金子，毛根像银子，虎牙像老虎，嘴唇像猎狗，耳朵像黄羊，脑袋像骡子，腿子像山羊，皮子像丝绸。"

麝香是极珍贵的药物，有一种奇异的香味，麝香就生在公麝肚脐处，母麝则没有。公麝的尾部无毛，母麝的尾部有毛。麝香是圆形的，打开后是一粒粒的，只要吃上两三粒，头疼可以立刻消失。一般人只能吃两三粒，尕塔的爷爷却曾经吞过一整个麝香，尕塔觉得他爷爷已经活到九十二岁就是常吃麝香的缘故。

在可可西里，号称长江第一个大峡谷的烟瘴挂峡谷就生活着许多麝。麝生活在山石或树林中，它们睡觉的地方极其隐蔽，而且它们非常机敏,不等猎人靠近就能跑得无影无踪。所以猎人想要打到麝,可不是一件容易的事情。但是麝有一个习惯,那就是它们喜欢在同一个地方睡觉,这时候,聪明的猎人就会在麝睡觉的地方挂上一团羊毛做记号。第二天猎人赶来,为了不惊动麝,他们一般只能在远处瞄准,在远处虽然看不到麝,但是有了那团醒目的羊毛,打麝就轻松多了。他们只需要向那团羊毛瞄准,把羊毛打下,麝一定会被打中,这时他们就可以直接走过去割麝香了——他们打麝主要是为了取麝香。

猎人打麝还有另一种方法,也是根据麝的生活习性将它们捕获。公麝的尾部因为没有毛,所以冬天经常会被冻得红肿,它们被冻伤的尾巴会奇痒难忍,这时它们就会选择一块突出的石头或者树干去蹭自己的尾巴,蹭过的地方会留有奇异的香味。藏族猎人将被麝蹭过的地方称为"嘈"。而公麝又有一个习惯,那就是它们会在选定的同一块石头或者树干上反复蹭。猎人发现后,就会在那块石头或者树干下放上铁夹子,等公麝下一次去蹭的时候就中了猎人布下的圈套。

公麝不止麝香宝贵,尾巴也很珍贵。麝尾经常被牧民们挂在黑帐篷的阴凉处,母马母牛母羊等母畜难产的时候,牧民们就会从黑帐篷上取下麝尾,把麝尾浸泡在水中,然后给母畜灌食下去,这样母畜就能顺利生产了。

公麝还有一个特别的习惯,那就是一只公麝总会选择另一只公麝做搭档,通常是一强一弱,它们一起吃草,一起睡觉,一起游戏,俨然一对恋人。假如猎人打死了一只,另一只又会去找其他公麝做搭档，在做搭档前，两只麝会先决斗，分出大小。大麝经常会追咬小麝的尾巴，麝有两颗尖尖的虎牙，不小心就会把小麝的尾巴咬烂。可是无论如何，就算自己的尾巴被大麝咬烂，小麝也要坚持跟着大麝一起生活。

草原地主：旱獭

在可可西里动物王国中，旱獭家族广布在草原的各个地方，既像这个王国里的老百姓，又像这个王国里的通信兵和侦察员。它们经常在草地上探出脑袋，四处查看周围的环境，稍稍有些风吹草动，一眨眼工夫就钻进地底下的洞穴里，在你的面前消失得无影无踪。

旱獭，当地人又称之为"哈拉"，它们的身体圆滚滚的，跑起来的样子憨态可掬，非常讨人喜欢。哈拉跟棕熊、獾子被牧民们认为是可可西里的三大地主。牧民们在盖房子或者搭帐篷时，如果拿着熊掌、獾掌和哈拉掌在地上画三下，就不用再找人看风水了，因为据说它们的掌就像印章，在地上画三下，就相当于它们给这块地盖上了章，同意人类在这里盖房子。

哈拉奔跑的速度非常快，人们在打哈拉的时候，哈拉会迅速钻入洞里。人要是动作足够快的话，可以抓到哈拉的后腿，这时不要以为抓住了哈拉的后腿，就可以轻松地将它们从洞里拉出来，聪明的哈拉会在洞里撑开前肢扒住洞壁，任凭人如何使劲，也无法将它们拉出洞口。有一种技巧，那就是让哈拉放松，这时哈拉会想往里蹿，当它们松开前肢的力量准备往洞里走的那一刹，再突然将它们往外拉，刚好就能将它们给拉出来。哈拉有一种特性，只要咬住人，就会用两颗尖牙死死地咬住不放。

在藏文化中，人们认为哈拉就像僧人一样，擅长修行，所以当地人一般不会轻易地伤害哈拉。所谓修行，其实就是冬眠。但是哈拉的肉有种奇异的香味，人吃了会上瘾，为此有人专门找冬眠的哈拉。

飞鸟的乐园

王妃的鸟：黑颈鹤

在可可西里动物王国中，鸟类在空中有它们的独立王国。在可可西里的鸟类王国里，黑颈鹤被认为是神圣的鸟，当地人说黑颈鹤是格萨尔王的王妃珠牡养的鸟。黑颈鹤长得苗条好看，在藏语的俗语中有这样的描述："平日里是脖子长，飞在天空翅膀长，站在大地双脚长，吃虫子时嘴巴长。"黑颈鹤的身材不仅颀长曼妙，它们的声音也特别悦耳动听。据说若有人对黑颈鹤说"黑颈鹤，唱一首，给你一头绵羊"，黑颈鹤就会亮出自己的歌喉。

关于黑颈鹤，当地流传着这样一个故事。黑颈鹤是格萨尔王妃珠牡的神鸟，格萨尔王离开故国岭国，去征服一个大国，在那里遇到一个美丽的少女。他们相爱了。那个美女为了留住格萨尔王，给他喝了一种忘情水。格萨尔王忘记了自己的妻女、父母、国家，白天寻欢作乐，晚上在屋顶看天空，一直持续了九年九个月。珠牡原本被敌国抓去做了人质，她设法逃回岭国，却意外发现格萨尔王不在岭国。这时，敌国已经开始进攻岭国。珠牡就派黑颈鹤去寻找格萨尔王。黑颈鹤在一个屋顶发现了格萨尔王，但是它发现格萨尔王已经忘记了自己的妻女、父母和国家。为了唤醒他，它拉了一泡屎在格萨尔王的嘴里。格萨尔王觉得恶心，开始呕吐，呕吐一口想起妻女，呕吐两口想起父母，呕吐三口想起国家。他骑上自己的宝马返回岭国，把敌人击溃，跟珠牡团聚了。

在当地人看来，大型的鸟类通常对爱情忠贞不贰，关于黑颈鹤，当地还流传着这样一个故事。曾经有一户牧民住在可可西里的一座湖边。有一年秋天，黑颈鹤南飞的时候，牧民的女儿在湖边发现了一只受伤的母黑颈鹤。她把母黑颈鹤带回黑帐篷，发现这只黑颈鹤的翅膀下有一个囊肿，估计它活不了多久了。牧民一家并没有因此而放弃它，他们给它敷药，白天让它在院里自由散步，晚上则让它住进帐篷中。黑颈鹤在牧民一家的精心照料下病情有所缓解，但是牧民一家都能感觉到，这只黑颈鹤如此顽强地活着，好像在等待着什么。就这样一直到第二年春天，许多候鸟都迁徙回来了，天空中飞过一排排候鸟。这时，母黑颈鹤突然朝着天空啼叫起来。随着这只母黑颈鹤的啼叫，一只公黑颈鹤慢慢落下，正好落在了牧民家的院子里。两只黑颈鹤仿佛久别重逢的情侣，它们在院子里将脖子缠绕在一起，嘴巴对着嘴巴，好像在亲吻。它们这样一直持续了半个小时，直到母黑颈鹤突然倒下死去。原来母黑颈鹤如此顽强地活着，是为了见恋人最后一面，与它道别。看到这一幕的牧民的妻子和女儿感动得哭了起来。

天空可汗：鹰

在可可西里鸟类王国中，鹰是最大的鸟，它们一个翅膀打开就有一米多长，全身长达三米以上，可以说是鸟类的王者。鹰同时又是空中猛禽的总称，鹰、雕、鹞、鸢、鹫都属于鹰科。当地人认为，假如出门遇到鹰、狼、隼三种动物，那是非常吉祥的，做事一定会顺利。所以藏族人有一种饰品，就是将鹰爪、狼牙、隼爪用藏银镶起来，佩戴在身上。这种饰品一般会将狼牙排在中间，左右分别是鹰和隼的爪。江文才让的脖子上就有一个这样的挂坠。鹰是当地带有吉祥意义的鸟类，所以牧民们认为打死鹰的罪过非常大。

据说鹰是鸟类中唯独会仰头睡觉的鸟，它们仰头睡觉是为了防止鸟类杀手猫头鹰在夜晚袭击。牧民们认为，猫头鹰在夜间可以杀掉所有的鸟类，唯独杀不了鹰。因为只要猫头鹰降临，仰头睡觉的鹰就会突然伸爪抓住猫头鹰，把猫头鹰抓死。在可可西里，鹰是异常凶猛的一种鸟类，它们经常会把羊羔、哈拉、兔子抓走吃掉。

据说鹰本来的能力还要更大，只因鹰的舅舅是一种叫"能利"的小型鹰，它的基因耽误了鹰的发展进化。为什么会有这样的说法？因为在藏族的文化中，许多孩子平日里受舅舅照顾多，性格、长相、能力经常会受到舅舅的影响，当地很早就有"孩子像舅舅，狗像父亲"之说。传说鹰请舅舅能利来家里做客，让能利先在家里等着，它疾飞而起，很快就抓回了一只黄羊让能利享用，可是能利啄了半天，才啄出一个小口子。鹰问舅舅吃饱了没有，能利说半饱不饱，吃了满嘴的羊毛。后来能利回请外甥鹰去做客，能利也让鹰先在家里等着，它慢悠悠地飞到老鼠洞口，结果等了一天也没有等到一只老鼠，鹰饿着肚子失望地离去了。事后鹰对能利说："要不是舅舅你的能力差，我现在说不定都可以抓走一匹马。"

据说鹰喜欢寒冷，会飞到人类无法抵达的高峰筑巢下蛋孵化，所以平时人们是无法获得鹰蛋的。传说有极少数的鹰在三岁的时候会产下小狗——有人听到过鹰巢里传出的小狗叫声，只是从来没有抓住过，假如有人抓住，那将是一件非常幸运的事情。可惜的是，鹰等小狗长大后就会吃掉它们，所以从来没人抓到过鹰生的小狗。牧民们告诉我，传奇猎人日西日嘎的猎狗就是凶猛的鹰生的。

蓝天勇士：隼

在可可西里鸟类王国中，隼更像是矫健的勇士，据说它们像人一样每天都会锻炼身体。隼跟鹰一样是飞禽中的猛禽，但它的身形要比鹰小许多，体型只比鸽子大点。隼有两种，一种吃麻雀，一种吃草籽，两者颜色略有区别。喜欢吃麻雀的隼，被称为麻雀之敌；喜欢吃草籽的隼被称为金雕，显得更加尊贵。

传说隼和鹏鸟有过一段公案，当初隼问鹏鸟："你是要一日雀还是七日雀？"鹏鸟以为一日雀是一天捕捉的麻雀量，七日雀是七天捕捉的麻雀量，于是它不假思索地选择了七日雀。从此以后，鹏鸟七天才能捕捉到一只麻雀。原来隼的意思是一天捕捉一只还是七天捕捉一只。

关于隼，当地还流传着这样的传说：有一种鸟，体型远比隼

47

小，却可以生出隼，但是隼长大后却会吃掉这种鸟。孩子吃母亲的事让人诟病，所以人们认为隼忘恩负义。多丁曾经看到过隼蛋孵化出小隼的情形，他说隼蛋先是剧烈抖动，发出咔嚓咔嚓的声音，接着小隼会突然破壳而出。

天国使者：秃鹫

在可可西里的鸟类王国中，秃鹫跟鹰、隼一样，都属于飞禽中的猛禽。但跟鹰、隼不同的是，秃鹫在人们眼中，就好比一位神秘的使者——人们认为它们能够把人的灵魂带到天国。在藏族的丧葬习俗中，最尊贵的是天葬：人的尸体被抬到天葬台后，由秃鹫吃；秃鹫吃完后飞上天空，人们就认为它们把逝者的灵魂带到了天堂。

秃鹫在高空有三个高度的飞行线路：最高的达三千米，通常是它们在远翔时所采用的高度，在这样的高度上飞行，它们一天可以飞翔一千公里；中层飞翔时，它们通常没有目标，漫无目的地翱翔，此时它们也会顺便寻找猎物；低层飞翔时，它们通常是在寻找猎物并伺机出击。藏语俗语有对秃鹫五个部位的五种作用的描述："爪子飞到悬崖时有用，翅膀飞到天空时有用，羽毛在下雨时有用，嘴巴吃肥尾时有用，长脖子吃内脏时有用。"牧民们还告诉我，秃鹫的大腿骨是做骨笛的好材料。

秃鹫经常跟狼在一起，因为狼喜欢猎杀牛羊，狼猎杀了牛羊后经常吃不完，剩下的牛羊肉就成了秃鹫的美食。所以，牧民们经常根据秃鹫群判断狼群的方向，若是某个地方上空有大群的秃鹫飞旋，那么下面一定会有狼群。

　　秃鹫的头其实并不秃，它们头上长着白色的毛。人们远看以为它们是秃子，所以就给它们起了秃鹫这个名字。秃鹫头上的毛为什么是白色的？当地流传着这样一个故事：

　　从前有个老奶奶养了几只山羊，有一年冬天，一只母山羊生下了一只小山羊，但是这只小山羊一生下来尾巴就被冻掉了。老奶奶看到后，就去找大夫。路上，她遇到了一只乌鸦，乌鸦问她去哪儿，老奶奶说小山羊尾巴冻掉了，她要去找大夫。乌鸦说它就是大夫，老奶奶问它怎么能证明自己是大夫，乌鸦叫："呱呱呱。"老奶奶说："听声音，你不是大夫。"老奶奶继续赶路，走着走着，遇到了一只喜鹊，喜鹊问她去哪儿，老奶奶说小山羊尾巴冻掉了，她去找大夫。喜鹊说它就是大夫，老奶奶问它怎么证明自己是大夫，喜鹊叫："嘎嘎嘎。"老奶奶说："听声音，你不是大夫。"老奶奶继续赶路，路上遇到一只秃鹫，秃鹫问她去哪儿，老奶奶说小山羊尾巴掉了，她去找大夫。秃鹫说它就是大夫，老奶奶问它怎么证明自己是大夫，秃鹫叫："哦呼哦呼。"老奶奶听到声音，开心地说："你是大夫！你快到我家看看我的小山羊。"老奶奶将秃鹫领到家后，她先把小山羊的尾巴放到桌上，然后转身要用勺子取酸奶来招待秃鹫。秃鹫看着小山羊的尾巴直流口水，忍不住一口就把小山羊的尾巴给吃掉了。老奶奶回头找不到桌上的尾巴，就问秃鹫小山羊的尾巴哪去了。秃鹫说："我以为那条尾巴是用来招待我的，刚才已经被我吃掉了。"老奶奶一听，气得把酸奶扣在了秃鹫的头上，从此以后，秃鹫头上的毛就变成了白色的。

雪域精灵：雪鸡

在可可西里鸟类王国中，雪鸡可以说是高洁的、具有坚韧品格的。一般到了下雪天，所有的鸟类都会往低处栖息，只有雪鸡会迎着寒冷向高处飞去，所以雪鸡被牧民们认为是神圣的鸟。雪鸡如此神圣，所以牧民们认为食用它们可以净化人心，这就好比煨桑（藏族祭天地诸神的仪式，编者注），如果有人打到了雪鸡，家里人都争相吃上一口。

除此之外，雪鸡还是上好的补品。雪鸡的营养价值之大，当地人认为可以跟一头母牦牛相比。人们经常在晚上抓雪鸡，只要用手电筒对着雪鸡照射，不费一枪一弹，雪鸡就会自己从高处落地，因为它们害怕强光。等它们落到地上，人们只需要将它们捡走即可。

雪鸡肉是上好的肉，人们都喜欢食用雪鸡肉。当地流传着这样一个故事。有一户人家，丈夫打了一只雪鸡回去炖好了，闻着锅里香喷喷的雪鸡肉，他想一个人独吞。为了独自享用一只雪鸡，他甚至不惜欺骗自己的妻子说："雪鸡是一种补药，但是女人吃了会变成毒药，只有雪鸡头上那点肉女人吃了没事。"最后他只给妻子剁了一半鸡头，还是嘴巴以上的那一半，自己则独自享用了剩下的全部雪鸡。

藏语有谚语说："春天的雪鸡与秋天的母牛相比，它们的肥是不相上下的，非要比较的话，还是雪鸡肥点；秋天的雪鸡与春天的母羊相比，它们的瘦是不相上下的，非要比较的话，还是雪鸡瘦点。"雪鸡季节性的肥瘦跟其他动物正好相反，这跟雪鸡吃的食物有着很大的关系。春天的时候，万物复苏，雪鸡的爪子是干的，可以刨到地下的草药，它们吃了这些草药后，就会变得特别肥壮，这时一群雪鸡有二到六只。秋天的时候，草原上多雨水，湿漉漉的泥团裹住雪鸡的爪子，它们不容易刨到草药，只能勉强吃些一般的草，就会变得特别瘦，这时一群有二三十只。

夜晚杀手：猫头鹰

猫头鹰在藏语中叫"欧巴"。在可可西里鸟类王国中，传说猫头鹰和猫、猞猁是三兄弟，因为它们的头部都有竖起的两撮毛。猫头鹰可以说是鸟类中的杀手，它们一般白天隐藏，晚上出来猎食。牧民说猫头鹰的眼睛不适应白天，只适应夜间，到了晚上它们的眼睛就像灯笼一样，可以看清一切，等其他鸟儿都已入睡的时候，猫头鹰可以轻而易举悄无声息地将它们猎杀。

据说猫头鹰白天从来没有出来活动过，是因为害怕其他鸟类的攻击。传说有一只叫恶琼的鸟杀死了鸟王，这件事被猫头鹰看到了。恶琼为了掩盖自己的罪行，就想方设法割掉了猫头鹰的舌头，从此猫头鹰的叫声就变成了"库咕库咕"，藏语谐音"是我是我"。其他鸟类都误以为是猫头鹰杀了鸟王，都想着替鸟王寻仇。猫头鹰有理也说不清，只好悄悄躲起来，等到夜间才敢出来觅食。

猫头鹰在人们心中的形象并不太好。牧民们告诉我，传说猫头鹰曾经跟鸟有过三次充满矛盾的对话。

鸟问："你的头为什么是平的?"猫头鹰说："我拜活佛的次数太多了。"鸟问："你的耳朵为什么竖起来?"猫头鹰说："我没有听到念经的声音。"

鸟问："你的眼睛为什么这么黄?"猫头鹰说："我吃酥油太多了。"鸟问："你的爪子为什么这么干燥?"猫头鹰说："我没有碰过油腻的东西。"

鸟问："你为什么白天不飞?"猫头鹰说："我已经在活佛前发誓不杀生。"鸟问："你为什么晚上行动?"猫头鹰说："我晚上特别喜欢捕猎。"

去拜佛却说没有听到念经的声音，吃酥油却说没碰过油腻的东西，不杀生却喜欢晚上捕猎，好一个口是心非的狡猾杀手。

地球公民：麻雀

在可可西里鸟类王国中，麻雀可以说是当地的平民百姓，它们在这里随处可见。当然，麻雀家族也是世界公民，全球各地都可以看到它们的身影。麻雀是一种杂食性的鸟类，它们既吃虫子，也吃草籽，所以它们的生存能力极强。

麻雀的尾巴特别短，这是有来历的。传说格萨尔王去攻打督国的时候，王妃珠牡被霍国国王抢走。珠牡看到格萨尔王在外打仗迟迟不归，就跟霍国国王生活在了一起。格萨尔王打败督国回来后知道了这件事，立即派兵攻打霍国，把王妃珠牡救了回来。珠牡知道自己理亏，害怕面见格萨尔王，于是变成麻雀藏在了梁上。这时格萨尔王进屋,他取出宝剑说:"不论珠牡在天上地下,都给我把她砍倒。"格萨尔王话音刚落,麻雀的尾巴就被宝剑砍掉了一半。

关于麻雀还有这样一个故事:有一只麻雀,它非常聪明,但是也有点儿不知天高地厚。它一路宣称自己要去打猎,路上麻雀遇到狐狸,狐狸问它这是要去哪儿,麻雀说它要去打野牦牛。狐狸问它凭什么,麻雀说它有矛、刀和石头。狐狸一看,都是从青稞中挑选出的,一种像矛,一种像刀,一种像石头。狐狸让它飞到牦牛蹄脚印中去,麻雀飞了下去,它的整个身体只有牛蹄三分之一大小。狐狸笑着说:"就凭你怎么杀得了野牦牛?"麻雀听完什么也没说就飞走了。麻雀飞到沼泽地,被隼捉住叼走。隼一直飞到一座山顶,正准备将麻雀吃掉时,麻雀对隼说:"你最好不要在这里吃我,因为这里来来往往念经的人多,你吃我,许多人都能看到,他们就会诅咒你。"隼听了赶紧叼着麻雀来到河边,它正要下嘴,麻雀又对它说:"你最好不要在这里吃我,因为这里来来往往打水的人多,你吃我,许多人都会看见,他们就会诅咒你。"隼听了赶紧又叼着麻雀换了个地方,这次它们飞到了一个野牦牛角上,隼正准备把麻雀吃掉,麻雀又说话了:"在被吃之前,我想给你讲个故事。"于是麻雀就给隼讲了一个故事。这个故事特别好听,麻雀讲完后,隼意犹未尽地问它能否再讲一个,麻雀说:"如果你还想听故事的话,先把我松开,我胸口闷得慌。"于是隼稍微松了松口,麻雀趁机跑进了牛角里。隼发现自己上了麻雀的当,气呼呼地在牛角尖上等着。麻雀对隼说:

"请你千万不要像吃我父亲一样把我吃掉。"隼问:"我是怎么吃你父亲的?"麻雀说:"就是在沙里滚三圈,在水里滚三圈,再飞到云端滚三圈,然后冲下来把牛角撞碎吃掉的。"隼生气地说:"你等着,我就要这样吃掉你!"被怒火冲昏了头的隼,果真在沙里滚了三圈,在水里滚了三圈,再飞到云端滚了三圈,才冲下来撞到牛角上。可气的是牛角没有撞碎,它却把自己给撞晕了,翅膀也撞断了。麻雀看到后,赶紧从牛角中出来,它取出自己的那三个武器——青稞矛、刀、石头,对隼的眼睛又戳又砍又砸。这时狐狸正好路过,看到麻雀竟然猎到了一只隼,再也不敢取笑麻雀。据说现在隼的眼睛是红的,里面还有一个黑点,就是那次被麻雀的三个武器打伤造成的。

山宗水源

三江源是指长江、黄河、澜沧江的源头区域。东方的三大河流长江、黄河、澜沧江从这里向东流去,可谓"三江出世""总览万水";这里还是大昆仑山的故乡,被称为"万山之宗""龙脉之祖",所以三江源是真正的"山宗水源"之地,可谓中华福地。我们一般将国家的疆土叫作"江山"或"河山",三江源可以说是"江山"的源头。

更为有趣的是,这里许多河流的源头分别以动物的名字命名:长江的源头"治曲"是"牦牛河"的意思,"治多"和"曲麻莱"的名字分别来自长江两个源头——通天河和楚玛尔河;黄河的源头"玛曲"是"孔雀河"的意思,"玛多"县名就是"黄河源头"之意;"澜沧"是藏语"拉楚"的谐音,也就是"獐子河","杂多"是"澜沧江源头"之意。

假如把这里比作一个人,河流就是血管,山系则为骨骼。三江源区域,大体上由三大山系塑造而成,即北面的昆仑山系、巴颜喀拉山系和南面的唐古拉山系,其中巴颜喀拉山是昆仑山的一个支脉。在这个区域还有一座有名的神山——尕朵觉沃,跟阿尼玛卿、冈仁波齐、梅里雪山并称"藏传佛教四大神山"。

三江源的主体在玉树藏族自治州境内，由"一市"（玉树市）和"五县"（曲麻莱、杂多、治多、囊谦、称多县）组成，曲麻莱、杂多、治多以水源命名，囊谦、玉树、称多则是族名。在治多县的普卡贡玛石棺墓群的考古发掘中，发现青铜、陶器、骨器等随葬品，说明周朝时期，这里就有了相当高的文明程度。有一种说法认为苏毗女国的中心在囊谦，那是一个女人主导的社会。玉树在八百年前归囊谦王管辖，当时号称玉树二十五族，囊谦王后来成为囊谦千户，是藏语"内相"的意思，因为当年他们的祖先做过内相。过去，玉树的中心在囊谦，那里还有囊谦王宫遗址。玉树位于康巴藏区的腹地，青海的其他地方则属于安多藏区。玉树在藏语中意为"遗址"，因为此地有格萨尔王的宫殿遗址。当地著名的景观还有文成公主庙、勒巴沟岩画、嘉那嘛尼石经城等，非物质文化遗产有格萨（斯）尔、藏刀锻制技艺、卓舞等。不过这些不在本文探讨，我只想探索三江源的山河。

我对三江源的初印象来自我2013年的一次采风，也正是那次采风，让我有幸结识了索多和尕塔，他们跟我讲了许多动物的故事。那次采风，我在三江源行走了一周，离开的时候，内心突然很不舍。我想我的心中会时常怀念这里的山河，那些皑皑的雪山、弯弯的河流、明净的湖泊、迷人的牧场，全都深深地刻进了我的脑海中；那些美丽的姑娘、健壮的汉子、淳朴的老牧民、幽静的寺庙势必会在我的梦境中反复出现。告别三江源，我的人虽然离开了，我的心却留了下来！果然后来，我又多次返回这片我魂牵梦萦的土地。

黄河源头：玛曲

我们沿着唐蕃古道一路深入青海的高原，去追寻中华民族的母亲河——黄河的源头。天在不断变高变蓝，地在不断变厚变广，古人所说的皇天后土大概就是我眼前所看到的这番景象。在和缓的草原上，我们经过了星星海。星星点点的湖泊仿佛是宇宙中的星辰散落人间，巨鹰在天空滑翔，牦牛在地上吃草，男牧民牵着黑马，女牧民牵着白马，他们一起朝着草原走去，或者男女牧民背靠背看着远方，近处有他们的孩子在帐篷外玩耍，远处有他们的牛羊在天边吃草，这些是我们一路上看到的情景。我想，从前黄河流域的游牧时代，应该就是这样一种悠闲恬淡的情景。

黄河流域的中原地区是中华文明的发祥地。其他河流在古代都叫"水"，"河"本是黄河的名字，因黄河的地理位置以及在历史中的重要地位，后来"河"成了河流的共名。从尧舜禹时代，我们的祖先就开始追寻黄河的源头，但也是在经过数千年的漫漫追寻后才找到的。对于黄河源头，在古代大概有三种说法，一是"导河积石"，二是"河出昆仑"，三是"伏流重出"。

"导河积石"源自《尚书》。"积石山"一词大概来自最早生活在河曲地区的析支人的转音。传说大禹治水就是从积石山开始的。"河出昆仑"源自《山海经》。书中记载"海内昆仑之虚，在西北……河水出东北隅"。传说昆仑一直是中华的龙脉之祖，是天帝在人间的首都，但过去它一直没有具体的定位，从新疆到西藏的许多山在历史上都被认为是昆仑山，甚至泰山都曾经被认为是昆仑山。其实"昆仑"在古代，不论是在汉藏语系还是在印欧语系中，本身就是"圣山"的意思，大概古人把看到的高接云天而仿佛有神灵居住的山都叫作昆仑山。现在巴颜喀拉山被认定是河源所在，所以人们认为巴颜喀拉山是昆仑山的余脉。

"伏流重出"是说张骞出使西域，看到源于昆仑山的塔里木河一直消失在罗布泊中，因为传说河出昆仑，所以张骞就认为河流是隐伏到地下，在积石山才从地下重出地表的。这种说法看似离奇，却影响巨大，以致乾隆帝不顾实地勘探的结果，仍然坚信"伏流重出"说。

一直到了隋唐时代，人们开始大体认识到河源在星宿海，隋炀帝在击败吐谷浑后曾经设立河源郡。唐蕃古道就经过星宿海，在唐朝和吐蕃的交往中，人们已经确定河源的区域。清朝的康熙帝派人寻找河源，发现上游的"古尔班索罗谟"，蒙古语意为"三条支河"，就是黄河的三条支流——约古宗列曲、卡日曲、扎曲，不过当时并没有确定正源是哪条河流。"卡日曲"在藏语中意为"紫铜色的河流"，发源于巴颜喀拉山中的各姿各雅山麓。"巴颜喀拉山"在蒙古语中是"青色的山"的意思，在藏语中叫"祖山"，"各姿各雅山"在藏语中指的是"雄壮美丽的山"。

我们要追寻的正是约古宗列曲。进入黄河源头第一县曲麻莱，在远处可以看到尕朵觉沃山。本来艳阳高照的天气，说话间就下起了雪，随行的人说，藏族有句俗语"高原的天，女人的心"，极言高原天气的变幻无常。我感觉到了天的神秘。我们在从县城到"黄河源头第一乡"麻多乡的路上，不断经历天气的变化，一会儿晴天，一会儿飘雪，路上还有各种野生动物。

抵达麻多乡后，我们又继续向"黄河源头第一村"郭洋村进发，接着我们经过黄河源头第一户人家扎西家，最后终于到达了黄河源头之一约古宗列曲。

我站在黄河源头，向远方遥望弯弯曲曲的河流，无法想象古人跋涉数万里、追寻数千年的黄河源头就在眼前。陪同的人说，来到这里的人会有两种表现，一种会痛哭流涕，一种会异常兴奋。我却感觉异常沉静，在这种沉静的表象下，我可以感觉到我的内心涌荡着一股激流。约古宗列曲就像我的一位久已熟识却第一次谋面的好友，我忍不住在内心感叹："约古宗列，我终于来了！"站在这片神奇的土地上，我看到和缓的约古宗列盆地中，丰美的草场上牛羊在悠闲吃草，四周的雪山为云雾笼罩。或许盘古开天辟地时就是这样一番景象：天地一片鸿蒙，重的下沉为地，轻的上升为天，天地间的云层则是神灵的居所，放眼望去，仿佛天地的奥秘就藏在其中，一切在这里发生，一切在这里结束。面对这样的景象，恍惚间我似乎明白了人的过去、现在、未来。

郭洋村书记索南仁青为我们献上金色的哈达，他说"约古宗列"在藏语中意为"炒青稞的锅"，因为这个盆地很像一口大锅。索南仁青说这里的泉水品质非常好，他们称之为"母亲的乳汁"。我俯下身喝了一口，果然清冽异常，同时在味蕾间又弥漫着一股淡淡的泥土的芳香，我在其中体味到了五千年中华文明的味道，我又趴下喝了两口，临走时还灌了一瓶带回去。

黄河源头立满了碑，其中有的碑的后面有碑铭："巍巍巴颜，钟灵毓秀，约古宗列，天泉涌流。造化之功，启之以端，洋洋大河，于此发源。揽雪山，越高原，辟峡谷，造平川，九曲注海，不废其时。绵五千四百六十公里之长流，润七十九万平方公里之寥廓……"上面还有一块小碑，刻写李白的那句"黄河之水天上来"，只要此时蹲在地上向上望，就会相信黄河真的来自天上。

我们沿着约古宗列曲向下游走去，没走多远就看到了一排白色的佛塔，这是当时十世班禅入藏时祈祷过的地方。在附近的山上有他亲手垒的野牛头祭坛，人们称之为"央郭拉则"，就是藏语中"野牛头山"的意思。他在此用藏文写下诗句："啊！伟大母亲的源头！啊！藏汉重归和睦！啊！祈祷人畜兴旺！"我看到有两条溪流在此相会，仿佛牦牛的两个角，牦牛在藏族人心中是无比神圣的，在两条溪流间的石台上就放置着一个牦牛头颅。当地人认为这里才是真正的黄河源头，现在官方确定的正源卡日曲只是两条溪流中比较长的。

我的朋友彭措达哇一路上都很关心我此次的行程，他告诉我黄河源头第一寄宿小学的校歌《黄河》：

> 我在父亲的马背上领略过
> 我在母亲的怀抱中沐浴过
> 我在童年的梦幻中寻觅过
> 黄河，黄河，我的母亲河
> 我在小学的课本里品读过
> 我在中国的地图上拜见过
> 我在祖先的传说中聆听过

黄河，黄河，我的母亲河

　　我在民族的史诗中感悟过

　　我在神圣的源头上膜拜过

　　我在生命的诗篇里赞美过

　　黄河，黄河，我的母亲河

　　黄河……

　　这是彭措达哇在麻多乡做父母官时，请当时的玉树州文联主席昂嘎写的，这首校歌让我深深地感受到了一位黄河之子对黄河真挚的爱。

　　从黄河源头离开前，我们还拜访了那里的第一户人家扎西家。他们家过去住的是帐篷，现在已经搬进了平房。扎西家现在有五口人，包括扎西的母亲、扎西夫妇、扎西的两个孩子，他们一家生活在这片神奇的土地上，就像黄河源头的守望者。女主人为我们倒上酥油茶。火炉中烧着牛粪，锅里煮着羊肉，他们招待我们吃羊肉。我问他们村名"郭洋"是什么意思。他们说用藏语说不清，指着前面的山说"就是那座神山的名"。索南仁青用藏语询问他们的生活情况，他们说家里现在有四十头牛、几十只羊。我们从扎西家离开，他们一家人在门口目送，直到我们的车开出很远，我回头时看到他们还站在那里。

　　黄昏的时候我们离开了这里，路上，索南仁青的车又出了问题，他只好留在黄河源头，我们七个人挤着一辆车回去。康巴人天性开朗，我们一路欢歌直到麻多乡政府。

这里是格萨尔王赛马称王的地方，格萨尔王的登基台就在麻多乡的扎加村。我们在去的路上还经过了"黄河第一桥"。没过多久，我们就到达了格萨尔王登基的那座石台，石台在古热山前一座和缓的山丘前，如今已经被圈入多仓寺的主殿中，殿中主要供奉格萨尔王，后面是格萨尔王的三十员大将。当时格萨尔一马当先抵达古热山，在这里登上岭国王位，嘎嘉洛部公主森姜珠牡为他献上哈达。他在此地获得了格萨尔王的称号，就是"雄狮王"的意思，森姜珠牡也成了他的王妃。传说嘎嘉洛部就在扎陵湖畔，扎陵湖就是森姜珠牡的故乡。

我们站在登基台前，顺着格萨尔王雕塑的目光遥望，前方就是苍茫的草原，黄河从中穿过，流向扎陵湖和鄂陵湖。格萨尔王当年站在这座石台上，一定看到了岭国的未来，所以才开始了一生的征战，他的子孙如今遍布在黄河上游。

从格萨尔王登基台向下游走就是扎陵湖和鄂陵湖，这一对姊妹湖在玛多县西部构造凹地处。从扎陵湖和鄂陵湖往上，都属于黄河源区。扎陵湖和鄂陵湖又称"查灵海"，是唐蕃古道中最为重要的一个中转站，松赞干布就是在这里迎接文成公主。

长江源头：治曲

我们来到通天河畔，这条出现在唐僧取经故事中的河流。治多县和曲麻莱县坐落在河流的左右两岸，这两个县名分别来自长江两大源头——通天河和楚玛尔河。我们一起抵达通天河畔的夏日寺，夏日寺是一座幽静的寺庙，过去夏日寺被长江隔绝，后来人们修了一座桥，这座桥就成了出入夏日寺的唯一通道。夏日寺在藏语中是"鹿角寺"的意思。这里确实神奇,当我到达寺庙前面,居然有一匹白马朝我走来,一直走到我跟前,它好像我前世相识的一位故友,让我恍然想通了前世来生,眼泪忍不住流了出来。

寺庙的前面是一座山,山的前面是像围裙一样散开的台地,上面的草地上有岩羊在悠闲地吃草,台地下方就是奔腾不息的通天河。从这里望去,通天河的水是红铜色的,难怪通天河许多支流的名字都是"红色河"之意。

我爬上山巅,沿着河流的方向遥望,眼前的河湾如同丝带一样延伸向远方。随行的僧人摄影家格莱尼玛为了拍摄长江大转弯,花了几天时间爬上附近的最高峰,才拍到了九曲河湾的照片。我坐在山巅,向上游遥望源头,在内心探寻长江源头。

长江是中国第一大河,也是世界第三大河。中国的河流,大体上南方称"江",北方称"河"。在中国古代,人们把河流都称为"水","四渎"即为江水、淮水、河水、济水,江水即长江,河水即黄河。因为长江和黄河在地理和历史上的地位太重要,"江河"逐步成为河流的总称。长江很受人们的爱戴,它在流经不同的河段时都有不同的称谓:下游曾称"扬子江",江西段称"浔阳江",湖北至湖南段称"荆江",四川段称"蜀(川)江",再往上游称"金沙江",在源头部分则称为"通天河"。

人类对长江源头的寻找经历了几千年,《尚书》中记载了大禹"岷山导江"的事迹,所以最初人们把长江源头当成是岷江。清朝康熙年间才一路从金沙江追溯到木鲁乌苏河,也就是尕尔曲，通天河的五大支流之一。通天河上游河网密布，主要的支流像手掌一样有五支：尕尔曲、布曲、当曲、沱沱河、楚玛尔河。究竟哪条是长江的源头？

尕尔曲是布曲的支流无疑。最初人们按照河流树的观念，认为布曲在中间，理所当然是正源。北面的楚玛尔河称为"北源"，南面到当曲称为"南源"，尕尔曲汇入布曲的地方被称为"通天河沿"。布曲又名"拜渡河"，藏语翻译过来就是"长河"的意思。

又有一段时间，人们认为当曲是正源，可是后来根据"河源唯远"的原则，通过测量发现沱沱河最长，沱沱河最终成为长江正源，当曲降级为沱沱河的支流，通天河沿也被改名为"尕尔曲沿"，虽然民间依然称它为"通天河沿"。沱沱河又被称为"乌兰木伦河"，是蒙古语中"红色河"的意思。

随着科技的进步，人们通过卫星遥感技术测量到当曲才是最长的，不久的将来，可能又要为长江源头正名了。当曲藏语意为"沼泽河"。至于楚玛尔河，在历史上也曾经被人们认为是长江源头，现在被称为长江北源，藏语意为"红水河"，源自可可西里山的黑脊山南麓。

我们沿着通天河向上游走去，途经了通天河的支流色吾曲，藏语意为"黄色河"。民国时期，人们普遍认为江河同源，这里曾被误认为是长江正源，跟黄河正源卡日曲有一山之隔。在山谷中有曲麻莱老县城，路两边有大片的断壁残垣，仿佛是一座在很久以前就被废弃的古城。随行的人跟我说，他曾经带着两个外国人来过这里,那两个外国人吃着牛肉喝着咖啡,恍然间泪如雨下。他因为听不懂英语,不知道他们在说些什么,但从他们的表情可以看出,他们一定非常伤感。

我们一路抵达曲麻河乡。曲麻河乡位于北源楚玛尔河畔,在那里,我认识了当时的乡党委书记尕塔。通天河又名"治曲",是藏语中"牦牛河"的意思。尕塔告诉我,因为发源地格拉丹东山形状像牦牛,在格拉丹东牦牛鼻的位置,正好有两个冰柱在向下滴水,汇成河流,所以治曲就有了牦牛河这一形象的称谓。

正是在这里,尕塔跟我讲述了可可西里动物家族的故事。当晚他用盛大的康巴歌舞欢迎我们。康巴真是歌舞之乡,据说康巴人"会说话时就会唱歌,会走路时就会跳舞"。他们在为我们献上哈达后,就开始敬酒。临行前朋友告诫我,黄河源区的海拔都在四千米以上,在高海拔的地方不宜饮酒。然而有幸来到这黄河源头我又岂能不饮酒?在黄河源头就要一醉方休。藏族人饮酒前要用无名指蘸酒弹三次:一敬神灵,二敬祖先,三敬朋友;也有说一敬天,二敬地,三敬人的。我在这里也学会了他们的饮酒礼仪和习俗。

他们轮流唱歌敬酒,有一首藏歌的歌词是这样的:"我不知从哪里来,我不知到哪里去。我骑着白马走过。去时我的马跑第一,因为我的马好;回时我的马跑最后,因为我的胆大。"质朴的歌词中含有无尽的深意。他们唱的歌大多是藏语的,上面这首是众人一起翻译的,他们笑着说再让翻译他们就唱不出了。我听不懂藏语,但光听这首歌的曲调,我就感受到了天籁。

欢迎宴会直到深夜才结束,我们都有些醉了,走到院子里,抬头看到了满天星斗。此时我们跟天是如此接近，我们仿佛就置身在半空中，与繁星为伍，与云层为伴。这时候，四处响起了此起彼伏的狗吠声，这些狗吠声将我们拉回了人间。所谓"柴门闻犬吠，风雪夜归人"，半夜果真下起了雪。

次日我们抵达了通天河七渡口。渡口附近的昂拉村有昂拉岩画，尕塔推断这些岩画有可能是唐蕃古道上的商人所刻，遇到通天河涨水的时候，商人们暂时无法渡河，就在这里刻画各种动物用以消磨时间。

在那之后，我又两次来到长江第一大峡谷烟瘴挂峡谷，其中一次是雪豹文化节上，牧民们在这里演出了我编写的话剧《雪豹王子》。这个大峡谷处于烟瘴挂山和夏吾巴山之间，烟瘴挂属于治多县，夏吾巴属于曲麻莱县，它们都是神山，从远处可以看到山上有许多岩羊在悠闲地吃草。烟瘴挂常年云雾缭绕，据说烟瘴挂有十八座神山，它们长得非常相像，人进入山区后就会迷路，很难走出来。

沱沱河的源头在格拉丹东雪山下的姜古迪如冰川，格拉丹东是高高尖尖的山，姜古迪如是狼山。我几次有心前往，都没有成行，对它们的许多印象都是尕塔讲给我的。尕塔告诉我，在沱沱河的源头住着嘎义老人一家，号称"冰川第一家"，他们穿着皮毛衣服，吃着风干肉，喝着牛羊奶。沱沱河桥我倒是多次经过，沱沱河从冰川中流出，形成网状的河汊，河床是红铜色的，正如沱沱河其名。

澜沧江源头：扎曲

我们来到囊谦县，沿着扎曲河向上游走。囊谦过去是玉树的中心，囊谦王宫现在只剩遗址，如同一座荒山，上面长满了绿草，无法想象这里的主人囊谦千户曾经统治玉树长达八百年。当地最具特色的是黑陶，这种曾经盛行于石器时代的制陶技术，在当地保留了下来，甚至发展到了极致。

这里的水土远比其他地方看起来丰美，四周雪山环绕，蓝色的扎曲河流出，宛若仙境。藏语中"扎曲"的意思是"从山岩中流出的水"。河流的两岸都是森林，林间不时跑出各种小动物，感觉如同精灵一般。在路上我们救了一只旱獭，临走的时候所有的旱獭都从洞里探出头来，目送我们离开。

我们一路抵达杂多，这个以澜沧江源命名的地方，随行的人说，杂多是真正的"雪豹之乡"和"冬虫夏草之乡"，雪豹曾经多次出现在这座高原县城里。我们抵达杂多的时候，县城里的人非常少，听说他们都到山里挖冬虫夏草去了。

长江和黄河是中华民族的母亲河，澜沧江在中国没有那么大的影响力，不过它流出中国后，被称为"湄公河"，经过东南亚的缅、泰、老、柬、越五国注入南海，"湄公河"在泰语中是"母亲河"的意思。泰语跟壮语属于同一语支，其中"湄"是"妈"的意思，湄公河被称为"众神之河""众水之母"，对于东南亚的人民来说，这条河就是他们的母亲河，地位等同于中国的长江和黄河。

探寻澜沧江的源头虽然没有探源长江和黄河那样错综复杂，不过同样有着一段传奇。我们沿着扎曲前进，一路上遇到河流左右分支，若不是有人测量，还真分不清它们的大小。第一次分支在尕纳松多，"松多"在藏语中是"河流交汇处"的意思，一边是扎那曲，另一边是扎阿曲，看起来两河相当，这次我们要从这里开始探寻澜沧江的正源。关于澜沧江的正源，当地人有三种说法：第一种是扎那曲上游扎那日根山；第二种说法是扎那曲上游的扎那霍霍珠地；第三种说法是扎阿曲上游的扎西气娃湖。

第一种说法，澜沧江正源在扎那曲上游的扎那日根山，这是当地的"圣山"。从这座神山有三条河流流出，其中最长的是埋苟曲，这条河流冲积形成丰美的扎那荣草原，四周都是雪山，环绕着这片奇花异草盛开的草原。在扎那荣草原上最有名的是群果扎西滩，这是一串大大小小的湖泊，好像天神的珍珠散落在草原上一般。"群果扎西"就是藏语中"吉祥水源"之意。在蔚蓝的湖水中，除了高原特有的湟鱼，还有五颜六色的金鱼，这里仿佛就是山神的金鱼缸。看到这番奇异的景象，我的心中有一种神圣的感觉油然而生。难怪扎那日根山被当地人认为是扎曲的源头。

第二种说法，澜沧江的正源是扎那曲上游的扎那霍霍珠地。抵达那里的路途险峻，路上有一线天景观，山下是一大片沼泽地，从泉源渗出三条小溪，汇集成扎加曲。人们认为这里是扎那曲源头，后来才发现一山之隔的加果空桑贡玛曲更长。

第三种说法，澜沧江的正源在右边的扎阿曲上游的扎西气娃湖，藏语中意为"吉祥环绕的大江源头"，被当地人称为"圣湖"。湖中有五个泉眼，泉眼里涌出的水汨汨滔滔，状如莲花，从湖中流出的河流名为扎尕曲。

关于澜沧江源头的三大说法，后来通过科学测量得知它们都不是正源，真正的源头是郭涌曲的支流谷涌曲。第一种说法中埋苟曲只是扎那曲的支流，第二种说法中扎加曲也是扎那曲的支流，现在正源确定在扎阿曲，所以就连扎那曲的正源加果空桑贡玛曲都不是澜沧江正源。第三种说法中的扎尕曲也是扎阿曲的支流。

我们从尕那松多继续沿着扎阿曲向上游走，昂贡松多是扎尕曲和郭涌曲的交汇处，扎尕曲上游就是圣湖扎西气娃，郭涌曲的河面更大。我们沿着郭涌曲向上游走到野永松多，这里有高地扑和高山谷西，高地扑上游为谷涌曲，源自吉富山；高山谷西上游为拉赛贡玛曲，源自果宗木查山。从野永松多向上游遥望，一条深蓝的河水从雪山中缓缓流出，充满了神秘的意味。

龙脉之祖：昆仑山

自从我阴错阳差来到青海，就跟昆仑结下了不解之缘，然而我一直都没有亲自到过昆仑山中。直到我辞掉了一份当时在大众看来相当不错的工作，才踏上了我的大昆仑之旅。从青海出发，向南到西藏，向北到新疆，在我看来这是大昆仑的范围。随着一路深入昆仑，我为这皇天后土所震撼。一路上，我白天游历，晚上写作。

现在的昆仑山从帕米尔高原开始，在西藏和新疆间绵延到青海,再从青海分三支一直延伸到中华大地的内部。我当时是怀着崇敬的心进入昆仑山的,沿路迎面而来的大山雄浑伟岸得让人一时间哑然失语,我只感觉我在一点一点地靠近这座神秘的圣山。我一路盯着昆仑山,突然感觉汉字的"山"字就是从这里造出的:这里的山通常都有一个尖顶,两边是比尖顶低的尖顶,中间有数条沟谷。太阳渐渐升起,在昆仑山中看到的太阳显得比别处的要大。有人惊呼那边还有未落的月亮,我转头一看,真可谓日月同辉。

我们在纳赤台停车。"纳赤台"在藏语中的意思是"沼泽中的台地",这里有闻名天下的昆仑泉。门口是篆书写的"昆仑圣泉",进入就看到已经被凉亭围起来的一眼泉,旁边的石头上也写着"昆仑圣泉"。泉眼的水向上奔突,仿佛一朵洁白的莲花,经过旁边一个水道流入前面的水池,然后再流入附近的昆仑河中。前面的玻璃罩中还有两条金色的龙的雕塑,我对着这两条栩栩如生的龙的雕塑,默默祈祷。

在西王母庙前,我们停下,庙前写有巨大的"天人合一",这正是我倡导的大诗主义核心的三个主张之一。大诗主义另外两个主张是:合璧东西、融合古今。我站在"天人合一"的"人"字前拍了照。

这是一个小庙,却非常重要,因为昆仑山是西王母居住的地方。我们走进庙中祭拜。对面的山上有人工开掘的石块在不停地往下滑,已经成为一个新的扇形山坡,随行的人说那是工人们在开采昆仑玉。昆仑玉石是近年来才发现的,跟和田玉同产于昆仑山。和田玉自被发现已经数千年，快被挖掘完了，昆仑玉开始被发现和挖掘。传说昆仑山中的神仙在此地种了玉苗，玉就在此地生长了出来，就像种庄稼一样。

我们的车在昆仑山间行走，往后是连绵不断的雪山，我们看到了圣洁的玉珠峰。玉珠峰在蒙古语中称"可可赛极门峰"，意为"美丽而危险的少女"，相传玉珠峰跟对面的玉虚峰一起同为西王母的女儿玉珠公主的化身。我曾经到过玉珠峰登山大本营，在那里仔细观察过这位圣洁的仙子，玉珠峰的顶峰被烟雾笼罩，仿佛戴着面纱的美人。

我们的车在昆仑山中奔驰，高天和大地唯有在这里才能真切感受得到。昆仑山口标记碑是由汉白玉雕刻而成，碑高正好是此处海拔的千分之一。附近还有索南达杰纪念碑，这座碑是为了纪念保护藏羚羊而牺牲的藏族英雄索南达杰。山坡上还有一个巨大的玉石碑，碑身由璧、琮、圭、璋、琥、璜这祭拜天地四方的"六器"叠加而成，正合了此地的神圣。

唐古拉山

唐古拉山是长江和澜沧江源头所在，长江源自唐古拉山脉最高峰格拉丹东峰，澜沧江源自吉富山，怒江的上游那曲河的源头在唐古拉山南麓，所以唐古拉是三条大江源头所在。

唐古拉山在蒙古语中意为"雄鹰飞不过去的高山"，因为当年蒙古族人进军西藏时在此受阻。唐古拉山在藏语中叫"当拉山"，是"高原上的山"之意。我曾经在进入西藏时多次经过唐古拉山口,事实上唐古拉山非常和缓,但如果骑马从昆仑山口一路穿过可可西里再到这个地方,人力马力都已消耗殆尽,再让他们面对这样一座大山,那肯定感觉无法攀登了。

在青藏高原横亘着多条大致平行的大山系,最北边的就是昆仑山,再往南依次是喀喇昆仑山—唐古拉山、冈底斯山—念青唐古拉山、喜马拉雅山。唐古拉山向东延伸就到了横断山脉中的他念他翁山。

巴颜喀拉山

黄河发源于巴颜喀拉山北麓各姿各雅山。巴颜喀拉山是昆仑山南支脉可可西里山的延伸,甚至被人们称为昆仑丘、小昆仑。"巴颜喀拉"在蒙古语中意为"富饶青色的山",藏语叫"职全玛尼木占木松",即"祖山"的意思。巴颜喀拉是一大山脉,将长江和黄河水系分开,向东一直延伸到阿尼玛卿神山。

巴颜喀拉山的最高峰不是各姿各雅,而是果洛的年保玉则神山。"年保玉则"意为"圣洁的松耳石峰",又称为果洛山,是果洛三部的发源地。年保玉则神山,据说由3600座山峰组成,远远看去仿佛一朵圣洁的雪莲花,在山间又有360个大小湖泊,其中仙女湖最为美丽,白色的雪山倒映在蓝色的湖中,让人仿佛置身在仙境之中。这里有许多传说,这些湖泊传说就是文成公主的思乡之泪所化。

巴颜喀拉山最神秘的是"杜立巴石碟"。据说当年有人发现一个山洞,里面有侏儒的骷髅,旁边是神秘的原始形状石碟,这些石碟直径三十厘米、厚度二厘米，上面有神秘的符号，洞壁上还有神秘的宇宙飞船画像。于是人们为这些侏儒取名杜立巴，将这些石碟取名为杜立巴石碟。我在《昆仑秘史3：通天塔》中设定，这些石碟是远古文明留下的神秘碟片，里面有世界的各种秘密。有人怀疑是杜撰，可是藏族的传说中有云中出现的丑陋的入侵者的故事，大概指的就是这些"外星人"。我们的文明不过几千年，我相信许多未知的文明的存在，希望不久的将来有人能找到那些石碟，并将其破译。

尕朵觉沃神山

尕朵觉沃神山地处三江源，它跟冈仁波齐、梅里雪山、阿尼玛卿被称为"藏传佛教四大神山"。我跟尕朵觉沃有着一段奇缘。那次采风我们来到尕朵觉沃山下的塔群沟，藏族朋友指着一个天然形成的山洞对我们说："这叫'抓福洞'，抓到的东西都是山神赐予的，会预示你的未来。"藏族朋友首先钻进只能容下一人的洞里抓，他抓到了一颗绿松石。我们很惊讶，纷纷过去，轮流钻进洞里"抓福"。在我之前其他人没有抓到任何有寓意的东西，我最后一个进洞，我在那些褶皱中摸了半天，似乎什么也没抓到。我心想就算只抓到一把土我也要带出去。于是我就抓了一把碎屑出来，张开手一看，同行的人都惊得目瞪口呆，原来在石子间有一颗白珠。我欣喜若狂，我坚信这是神山赐予我的礼物，过后我把白珠戴在胸口，直到现在我都将它挂在胸前。也不知道是不是受到这颗白珠保佑的缘故，之后我的写作事业好像顺风顺水起来。

转山是牧民对山神的敬仰,他们祈求山神保佑自己。尕朵觉沃神山的转山分内转经、中转经、外转经三条路线。内转经指围着顶峰转经,路途非常险峻,一般只有高僧大德才会转,大概耗时一天;外转经要绕着整个尕朵觉沃及周围的山峰转一圈,路途比较遥远,大约需要七天的时间。

人们最常进行的是中转经,就是围绕尕朵觉沃主峰转,大概要两天时间。我曾经从曲麻莱县巴干乡抵达转经的起点塔群沟,在那里可以在"觉沃祭坛"煨桑,从那里还可以看到雪白的"觉沃尊像"。据说尕朵觉沃的身体会化为发光的铁鸟,尕朵觉沃的灵魂会化为牦牛。在那里还可以看到"觉沃桑烟",也就是传说中尕朵觉沃主峰上升起的袅袅青烟;听到"觉沃禁鸟",也就是尕朵觉沃山神抛起石子驱赶飞鸟的声音。在塔群沟有观音自显像、觉沃酥油盒和觉沃碑文,我所讲的"抓福洞"就在这里。

沿着塔群沟顺时针转经,路上会经过巴干寺,从巴干寺右转进入塔真沟。置身在群山之中,让人仿佛来到了尕朵觉沃的国度。从塔东沟抵达险峻的"亚木盖朗",则可以看到觉沃猎犬和觉沃坐骑。尕朵觉沃在称多县和曲麻莱县之间,经过这段险路后,我们就进入称多县。

再走上一段路程,就到了赛康寺,从起点塔群沟到赛康寺大概是一天的行程,转山经过这里的时候可以住在寺庙中。尕塔的舅舅曾经是赛康寺的活佛,他答应下次带我去转山。赛康寺后面的山叫赛康达泽,是尕朵觉沃的第三个"儿子",同时也是赛康寺常年供奉的山神。从赛康寺爬上夏智山顶,继续向前是红石山,这里还有神奇的善恶洞。据说要判断一个人的善恶,钻过去便能知道,善人容易钻过去,恶人则非常困难。过了红石山就进入曲麻莱县的新龙沟,新龙沟跟塔群沟连在一起,到了新龙沟中转经一圈就算结束了。

每当看到胸口的这颗白珠,我就会不由得想起我跟尕朵觉沃的独特缘分,我怀疑我的前世跟这里有缘。我一直想要去转山,据说山神属羊,在羊年转山一圈相当于转了十二圈,可惜阴错阳差没有实现。我想以后一定要找个机会戴着尕朵觉沃赐给我的白珠转山一圈,以答谢神山对我的赐福。

我们的家园

黑帐篷：游牧文化的根本

每个地方都有独特的文化。在可可西里，黑帐篷是藏族人独特的居所，也是其游牧文化最集中的体现。黑帐篷的形状是方形的，先由牦牛毛编织而成，再由牦牛皮连接起来，由木桩支撑起。牛皮绳子有伸缩性，下雨后牛皮变湿膨胀，雨水进不去，不下雨的时候又会变干收缩，便于透气，所以不可替代。

牧民们一般会将黑帐篷编成两半，在转场时由两头牦牛分别驮上一半。在转场的牛羊队伍中，一般是羊群在前、牛群在后，牦牛驮着牧民一家的家当。牦牛身上左右各有一个牛皮箱子，小孩就坐在箱子里，牦牛后面跟着狗。这时无论是牦牛、小孩还是狗，都非常高兴。

他们抵达自己的牧场后，男人就开始在牧场的中心选址，通常选择牧场中水草最丰美的地方。他们卸下黑帐篷，开始扎起来。首先要把两半帐篷合起来，把连接处如扣扣子一样扣上，再从四个角分别用绳子拉开。接着要搭屋里的三根木桩，前后两根木桩支撑起上面的大梁，大梁代表民族，里面一根木桩代表父亲，门口一根木桩代表母亲。里面的那根通常挂贵重的东西，比如活佛赐予的东西；外面的这根挂日常用具，用具通常会用两个袋子装着，一个袋子里是糌粑，另一个袋子里是酥油和曲拉，女人的针线包也经常挂在这里。帐篷外面通常有十二根柱子，一面三根，最高的一根木桩上面会挂上经幡。将野牦牛的牛角和藏野驴的颈椎放在帐篷顶，可以辟邪防雷。

帐篷的中间要用石头和泥巴做一个灶台，通常会有两个灶眼。帐篷中分成两个区域，左边是做饭用的，右边是会客用的。男人女人的分工也很明确，女人做日常的活计，比如做饭、挤奶、拴牛羊，男人则要放牧、屠宰、搭帐篷。

帐篷的大门通常是两扇门帘，门帘后分成左右两个小区域，左边的小区域有燃料，存放夏天晒干的牛粪。牛粪分夏天的和冬天的，夏天的质地坚硬耐烧，冬天的质地柔软好烧。他们也会烧羊粪、马粪，当然是在牛粪不足的情况下。其实他们一般不拿马粪来做燃料，他们认为烧马粪对马不好。右边的小区域会挂上牛马的用具，比如马鞍、笼头、脖套、缰绳、马鞭、马千、垫子、马嚼子、抛石器等。这些马的用具，活佛用金的，贵族用银的，普通人用牛皮的。驮牛的工具也会挂在这里。牛马是藏族人主要的交通工具。

帐篷里面，左边的区域，靠前的是一个石头泥巴做的茶几，通常会做成三层：最上面摆放各种珍贵的用具，比如黄铜、白铜、红铜做的锅碗瓢盆，这些用具通常是装饰性的，只是为了让家里显得富裕；中间一层通常放日常用的锅碗和茶壶；最下层一般放做饭工具，比如刀子、斧头。左边靠里是一张用石头、泥巴做的床，下面一般铺羊毡，上面铺羊皮的藏袍。这是夫妇睡觉的地方。右边的区域，同样有用石头、泥巴做的床，一般是老人、小孩或僧侣、贵客住的地方。小孩经常不好好睡觉，这时老人就会给小孩讲故事。当地的小孩大多是听着爷爷讲的故事长大的，他们的信念和知识最初从这里建立，我现在听到的这些故事都是他们小时候从老人那里听来的。在老人的床头还会有一个转经筒。

帐篷最里面靠墙的地方是用来摆放粮食的。他们会用牦牛皮或牦牛毛做成精美的袋子，大小相同。这种袋子透气性好，青稞放在里面，可以储存六七年不变坏。通常这种袋子第一层是牦牛皮做的，里面一般放的是青稞，往上一层是牦牛毛织的，里面通常放酥油、曲拉，就这样一层隔一层交替着整整齐齐地码上去。藏族人的食品主要有肉类、酥油、藏饼、曲拉、糌粑、蕨麻、糖类，饮料主要有奶子、酸奶等。他们的食品都是天然的，所谓"他们的牛羊吃的是冬虫夏草，喝的是矿泉水"。他们不吃马、骡、鹿、狗、鹰等，除了牛羊，一般上颚有牙齿的动物他们都不吃，他们也不吃女人宰杀的动物。藏族人在宰杀牛羊时要念经，然后将其捂死，把新鲜的肉大块煮熟，用刀子割下来吃。他们敬重僧人、父母和有文化的人，所以做好饭要先给贵客和父母吃。藏族人热情好客，会为客人献上哈达。客人经过他们的帐篷，他们会送上茶饭。他们跟朋友见面要握手碰脸，离开时要讲"才仁"，就是"再见"的意思。

帐篷后面的中间地方，一般会安排佛像台，上面通常会挂唐卡或自己崇拜的活佛像，下面点酥油灯，通常会用罩子罩起来。

每晚都要由父母点一盏酥油灯,在酥油灯燃烧的两三个小时内,不能做任何坏事,比如杀生。人们在早上和晚上必须各磕三个头。

帐篷外面的两边会有两根绳子,晚上牧民们会把所有的牛分公母分别拴在两边的绳子上,绳子上都有扣,只需要把牛脖子上的绳子扣上去即可。经过一夜,牛会拉下成排的牛粪,这些牛粪晒干后就是最好的燃料。人们一般是这样收集牛粪的,很少去山坡上捡。

藏族的女人通常凌晨三点就起床挤奶,男人最晚七点也要起床。早饭他们通常吃糌粑酥油,这种食物热量很大,非常耐饿。男人白天出去放牧,中午饿了就吃带着的牛羊肉,午饭时间并不固定。晚上人们要把牛拴在帐篷两边,羊群则在附近,一家人要忙到晚上九点多才吃晚饭,晚饭仍然吃牛羊肉。他们吃完晚饭后通常很快就睡下,因为第二天还得早起。

他们穿外衣一般袒露右臂,衣服分为僧人服和俗人服,俗人服更加多样。藏族最大的节日是藏历新年,此外还有许多佛教节日。他们逢年过节时会穿上豹子皮、老虎皮、水獭皮的衣服。从前猎人打了虎豹,就会被当成英雄,猎人把虎豹鼻子上的皮毛挂在衣服上,后来人们看着好看,就纷纷效仿。不过随着动物保护意识的提高,人们现在已经不穿这样的衣服了。日常的皮衣有猞猁皮、羊皮的,猞猁皮非常珍贵,过去只有贵族才能穿。他们也有布衣,用布料或丝绸做成。女人的头上、脖颈、手臂等部位会戴用琥珀、玛瑙、珊瑚、象牙、绿松石、九眼珠等做成的首饰。

牧民平时见的客人很少,法会或赛马节是男女会面的好日子。藏语谚语说:"赛马会赛的是女人的眼睛。"男女会在放牧时在两座山上对歌,通常是男人主动。如果男人喜欢哪个女人,就会赶着牛羊靠近。若是女人也喜欢男人,他们就会聚到一起;若是不喜欢的话,就会赶着牛羊远离。

在某些藏区还有一种独特的婚恋习俗——钻帐篷。当小伙看上某个姑娘后,就会在白天看好姑娘睡觉的位置,在晚上钻进去,轻轻拉拉姑娘的衣服。假如姑娘不愿意,她就会往里避开;假如姑娘愿意,就会拉小伙过去,两个人在一起睡觉。一个人家的男孩长大了,就会在外面跟自己家的羊睡觉,看羊是一方面原因,还有一个原因是利于他去钻帐篷。有时父亲发现女儿不对劲,也会在晚上跟女儿换个位置睡觉,如果有钻帐篷的男人进来,就会被女孩的父亲抓住。

藏族的婚礼也很有特色。男方早上就请喇嘛来念经,不过要在专门的帐篷中,喇嘛不能参加婚礼仪式。新娘由舅舅和兄弟送来,新娘通常骑着白马到帐篷前,地上铺着羊毛毡毯子,上面会撒上青稞。男方用哈达来迎接。帐篷的一边是酸奶,一边是牛粪,新娘要用勺子取酸奶敬天敬地敬父母,新娘第一口要吃奶子或酸奶等白色的食品,接着吃馒头蕨麻,最后才能吃肉。再盛大的婚礼也必须一天办完,七天后新人还要一起回娘家住上三天,增进亲戚间的感情。男方不用出彩礼,不过要在送客的时候给亲人们送九样礼物,这叫"根才"。根据新郎的财力,有送马匹的,也有送布匹等物的。

藏族的丧礼一般用天葬的方式。老人是家里的宝,事关家里的运气,所以老人去世后要在家里停放较长时间。老人以金刚座方式放置，用炒熟的沙和盐埋起来，过后再拉到天葬台，这在囊谦尤其重要。普通人去世后，一般要在家停三天，然后亲属选择一个吉利的时辰将其送到天葬台。天葬后要请僧人念七七四十九天经，当地习俗认为亡灵在此期间还在家里，亲属在第五十天要请有名的活佛念经，超度亡灵。秃鹫在吃人肉后，假如表现出饥饿，那么家里运气就不好，假如表现出满足，那么家里的运气就会好。打仗或车祸等非正常方式死亡的人，一般不能进行天葬，即便天葬，也要在低一点的天葬台进行。患传染病等所谓"龙病"的人去世，要实行土葬。小孩夭折后一般不进行天葬，人们会在河边将尸体用石头垒起来，每念一句六字真言扔一块石头。活佛圆寂后要实行火葬，这是当地最尊贵的丧葬方式。

可可西里的历史就是猎人的历史

可可西里是野生动物的乐园。从前这里是无人区，只有猎人在，所以猎人的历史也就是可可西里的历史。过去有一种猎户，他们过着好像原始人的生活。他们不属于任何部落，五六家结成一种叫"日席"的组织，平时一起打猎，一起分东西吃，当然他们也各有自己的小家。现在日席的后人都已经好几代了，日公加认识的一个人就是日席后代，他现在在不冻泉开宾馆。

猎人狩猎时，有时一整天都遇不到任何野生动物，这时他就会在山上取一块标志性的石头，把石头带回家，对着石头说："山神！我把你的女儿抓走了，明天若是再不让我打到猎物，我就不把她放走。"晚上山神就会化为一种猎人惧怕的动物，比如棕熊，指示他打猎的方向；这时猎人一定不能表现出害怕，因为只有这样才能跟山神对话，否则人会生病。

查多曾经在年轻时跟几个人一起到扎尕那山打猎，他们一天都没有收获，一个老猎人就指示其中一个叫额精的年轻人翻过山梁，去一个地方取一白一黑两颗石子。等额精把石头取回后，他们对石头说："山神，你的儿子和女儿被我们抓走，如果明天还不让我们有收获，我就不放你的儿女回去。"晚上额精需要在一百多米外单独扎一个帐篷，跟这两块石头睡觉。可是半夜额精害怕，跑了回来。最后他们认为查多胆子大，推举查多去。查多就到帐篷中，把自己左边的靴子脱下来，把两颗石子放进去扎起来，放在身下的毡毯下睡觉。夜里，有一个女人出现在查多的梦中，她让他们明天翻过一座山，就会有收获。第二天额精把石子放回去。他们按照女人的指示翻过那座山，远远地看到有东西，小心翼翼走过去才发现一匹红马死在了那里，在红马尸体周围散落着许多酥油、曲拉及宝物，他们一起拿回家分了。

日西日玛是一个有名的传奇猎人。有一次，他打死一头野牦牛，正准备宰杀，这时出现了一个人。按照藏族的习惯，刚打到猎物，在宰杀的时候，要分给路过的人一半。这个人说："这头牦牛分我一半。"日西日玛答应了。他们一起吸了鼻烟，就开始分割。没想到那人取出自己的刀，一刀下去就把野牦牛分成两段，日西日玛取上半身，那个人取下半身，那个人居然扛起来就离去了。要知道，一头野牦牛要八头牦牛才能拉动。那人走了一段路，突然就消失了。日西日玛这才恍然大悟，那个人一定是山神。之后他再不敢在那里打猎。

曾经有六个外乡人到扎尕那狩猎，一直没有打到猎物，他们的粮食也吃完了。这时他们遇到一个非常大的黑帐篷,里面走出一个老人,他的头发和胡子都长到腰部了。老人说:"你们在干什么?"他们说:"我们要打猎。"老人说:"这是我的地盘,你们不能在这里随便打猎。"他们说:"我们断粮了,没吃的。"老人就给他们取了一褡裢炒面。他们说:"这只够吃一天,怎么能行呢?"不过他们也只好离开。他们没想到褡裢里的炒面每天吃时都是满的,一直吃了很多天。他们感觉老人不同寻常,后来四处打听才知道老人是格萨尔王的叔叔,于是他们再也不敢到扎尕那打猎了。

日西日嘎和日西日玛都是传奇的猎人,不过他们那时候住的是牛皮做的帐篷,打猎也没有先进的工具,更多的是靠智慧,针对动物的弱点来捕猎。岩羊经常在高山上生活,又喜欢吃食盐。日西日嘎就把六七张牛皮铺在山崖边,一边用石头压住,一边挂在悬崖边,然后从山上一路撒盐到悬崖边。岩羊一路吃着食盐往前走,会一直走到悬崖边,这时因为岩羊比较多,牛皮无法支撑,它们最终全都落入悬崖摔死了。用这样的捕猎方法,他们一次可以捕猎二三十只岩羊。

他们有一种古老的狩猎工具,藏语叫"高采"。他们先在野牦牛和藏野驴常经过的地方挖一个直径三十厘米、深五十厘米的洞,上面做一个同样大小的木圈,在木圈的四周固定一圈野牦牛角削的尖骨。这时他们还需要做一条绳子,这条绳子由牦牛毛做成,直径有十厘米,长度大概有两头牦牛的身体长。这绳子两头的锐器有两种做法:一种做法是在牛羊皮做的小布袋中装上尖锐的角，角尖从皮袋中伸出，好像尖锐的刀子；另一种做法是在绳子上做一个大冰球，冰球上冻几把匕首，绳子中间打一个活结，大小跟木圈差不多，然后用土埋起来。当野牦牛经过的时候，一脚踩入洞中，由于有骨刀卡着，野牦牛无法移动，这时它就会挣扎，一挣扎绳子的圈就会收紧，野牦牛用力从洞中走出后便会开始狂奔，绳子两头的冰球就会不断击打野牦牛，这时冰球中的匕首会插入野牦牛身体，最终将野牦牛杀死。这种工具还有小型的，正好适合捕杀小型动物，只是不用挖洞。

日西日嘎抓狐狸也很有一套。他会在河边和沙漠上找到狐狸的脚印，在狐狸经常经过的地方，用脚画三个连续的圈，然后把糌粑做成药丸大小，分别在圆圈中放一颗。天亮后他会先来查看，假如狐狸吃掉了糌粑颗粒，就证明狐狸上钩了。第二天他会继续在地上画四五个圈，分别在圆圈中放上糌粑颗粒，狐狸会继续吃掉。后面逐步增加圆圈的数量，经过八九天后狐狸已经完全习惯的时候，就可以收网了。假如附近有山洞，就把牛皮绳子的套放在洞口，然后用糌粑颗粒把狐狸引到洞口，狐狸经过就会被套住。假如没有洞，也可以用石头垒一个洞，同样用糌粑引到洞口，把狐狸套住。

日西日嘎有一条猎狗，这条猎狗特别凶猛，当天要是吃不到猎物，甚至都想吃主人。这条猎狗的出生颇为传奇，据说它是食骨鸟生的。传说中食骨鸟偶尔会生出小狗，不过等小狗长到几个月后通常会被食骨鸟给吃掉，所以一般人根本得不到这样的猎狗，只有日西日嘎有这么一条。猎犬是猎人最重要的工具，猎人可以拉着猎犬，手无寸铁就能抓到许多猎物。日西日嘎的猎犬可谓是猎犬之王。

这里曾经有一个传奇的部落首领——宰我加宝，藏语是"宰我王"的意思。他出生在康巴藏区的德格，德格也是格萨尔王的出生地。宰我加宝七岁时在山谷睡着，他的父母看见一只乌鸦站在他的胸口。醒来后他说自己做了一个梦，梦见格萨尔王的大将查雄迪玛对他说："你将跟我一样擅长战争和射箭。"宰我加宝此后果真非常擅长射箭，他的箭百发百中，因此他获得的猎物也相当丰富，跟父母过着幸福的生活。当地的首领是德格加宝，就是德格王，他知道后想要征召宰我加宝担任自己的侍卫，宰我加宝却希望过自己的生活。

宰我加宝十几岁时，他的父母双亡。为了闯出自己的一片天地，他就离开故乡向人烟稀少的西部进发。他抵达果洛的查羊尼堪多山，山名是"日月善良山"的意思，因为两山相对，一边如太阳，一边如月亮，中间有一个活佛在修行。当宰我加宝到达的时候，正好太阳升到山顶，活佛为他算了一卦，说他的前半生非常幸福，后半生将会非常凶险。

宰我加宝继续前进到可可西里区域，他在这里聚集起周围零散的部落，教他们射箭的技术，教他们饲养家畜的方法，教他们把黑牛皮的帐篷改造为黑牛毛编织的黑帐篷，这种帐篷更加便于迁移。宰我加宝的部落逐渐兴旺发达起来。德格加宝听说后非常嫉妒，就让当地的活佛邀请宰我加宝到德格做客。活佛的座位在中间，两边分别是德格加宝和宰我加宝的。德格加宝让人在宰我加宝座位下悄悄挖了洞，宰我加宝一坐上去，就陷落到洞里，事先在洞里隐藏的三四十个武士就把宰我加宝杀掉了。从此这个区域又衰落下去。

在中华民国时期，这个区域属于布久部落，下面又分九个小部落，后来的首领就是米福堂。部落通常是以力量和德行来聚集的，基本上谁强大谁就能称王。这个时期虽然已经养有家畜，不过猎人们还是喜欢打猎。他们开始使用火枪打猎，这种枪用打火石来点火，火药中混有铅弹，虽然不是非常方便，但已经改进许多了。他们还在长杆上绑上刀，骑马去追野牦牛，连续捅多次，野牦牛就会慢慢失血而死。次成巴松就用这种方法杀死了很多野牦牛。

尕塔的爷爷公才就是一个猎人。那时已经到解放前夕，很多藏族人由于不了解解放军的政策，开始向西藏逃跑。二十多岁的公才跟家人加入这个行列。当他们行走到长江边上，家人已经两三天没有吃饭，公才的母亲想吃肉，公才就去套哈拉。公才在哈拉窝边放上牛皮绳的套，哈拉进窝时被套住，然后拼命钻进洞里。公才一个箭步上前，抓住哈拉的后腿，这时技巧就派上用场了：硬往外拉是拉不出来的，因为哈拉会伸开前肢撑在洞里，人无论如何都拉不出来；假如稍微放松，哈拉就会往里钻，这时抓准时机向外拉，哈拉就能被拉出来了。公才不假思索地把哈拉打死，然后才发现这只哈拉的两条前肢是白色的。公才的母亲跟他说，他这辈子就是打猎的命。在藏族人的观念中，杀一百个才能遇到一个白色下巴的猎物，杀一千个才能遇到一个白色前肢的猎物。因为这种猎物罕见，所以公才就成了一个猎人。他在长江边的夏日寺附近落户，枪法百发百中，他靠狩猎养活了一家人。

小时候尕塔经常待在黑帐篷中，跟奶奶一起听山里的枪声，只要听到枪声响，他就知道今天有肉吃了，虽然不知道是什么肉。因为公才的打猎技术好，所以就算在生活困难时期，尕塔一家也都能天天吃手抓肉。晚上在黑帐篷中，公才会给尕塔讲许多民间传说，尕塔后来的许多信念的形成都得益于此。公才希望小尕塔成为一个猎人，因为他觉得猎人是如英雄一样的人，当尕塔满七岁时就带着他去打猎。后来尕塔去上学，公才总想让他退学打猎，可是尕塔却希望学习知识。公才一直打猎到六十七八岁才停止，大概是打猎锻炼了体魄，他一直活到九十二岁。

假如猎人杀生过多，神灵就会发出警告。有一个猎人在打猎时明明看到了一只岩羊，可是开完枪走过去才发现那是一个人，幸好那个人低头躲过了子弹。后来猎人不敢再杀生了。猎人通常休息在石头或树干旁边，这样就不容易被动物发现。有一次公才出去打猎，在休息时，他发现远处的山前平地上有东西，他就逆风绕到山上——逆风是为了不让动物闻到气味。他登上山崖后惊讶地发现，山下有一只母熊和两只小熊正在呼呼睡觉。公才端起枪来左右为难：打死母熊的话小熊就会死，打死小熊的话又没有什么用。他在那里斟酌半天，把枪放下了。但为了戏弄熊，他抱起一块五十斤重的大石头，朝着母熊旁边的一段木头扔了过去。沉睡的母熊被惊醒，它发疯似的把那段木头咬成碎片。公才对母熊大喝一声，赶紧背着枪跑掉了。

当地解放后，牧民逐步开始使用小口径步枪，这种步枪不再需要人工点火，所以在打猎工具上算是又进步许多。布久部落在新中国成立前成立了星川设治局，现在正式名为曲麻莱县，县名来源于楚玛尔河和莱阳滩的合称。当时的莱阳滩是布久部落首领米福堂住的地方。当地本来是部落，后来成立了人民公社，到20世纪80年代又包草山到户，90年代包给固定的牧户，就形成了现在的格局。

当地人本来是游牧的，打猎是他们生活的日常，直到20世纪末有了转变，他们开始保护当地环境，跟藏羚羊盗猎者斗争。20世纪90年代国家出台政策收缴所有的枪支，这成为一个转折点。当时可可西里的盗猎分子疯狂地捕杀藏羚羊，他们开着越野车横冲直撞，拿着冲锋枪疯狂扫射。我们所熟知的索南达杰就是那时开始组织巡逻队的。索南达杰现在几乎成为可可西里的形象代言人，陆川导演在电影《可可西里》中再现了他的硬汉形象，使其家喻户晓。其实当时位于可可西里的治多县和曲麻莱县都有巡山队。曲麻莱县有同样的传奇帮塔，他当时是林业管理站站长，自20世纪80年代就开始率队跟盗猎者斗争，可惜后来湮没无闻。

尕塔是2010年主政曲麻河乡的，他上任后成立了野牦牛协会和藏羚羊协会，积极保护生态环境。措池村位于通天河畔，处于可可西里腹地。环保观念在当地已深入人心，小孩连一块糖纸都不会乱丢。他们有青年马帮会和野牦牛协会。

据说藏獒是狮子和狗杂交的后代，它们长得雄壮高大，被称为四只眼的动物，因为它们的眉毛是白的。藏獒经常被当成牧羊犬和看家犬，牧民白天把它们拴在家里，晚上就会放到自己的牧场。虽然藏獒力大凶猛，反应其实比较迟钝。藏獒曾经被炒到非常高的价钱，杨志军写的《藏獒》三部曲也一度成为畅销书。当时的人们曾经因为藏獒闹出过许多啼笑皆非的事。现在藏獒的热度降下去了，藏族人反而更高兴。藏区许多地方都有流浪的藏獒，都是因为降价而弃养的。

虽然藏獒现在很有名，不过在藏族传统文化中，藏獒只是用来牧羊的，猎狗才是宝贵的，因为猎狗关系到一家人的生活。猎狗曾经占据着非常重要的地位，藏族人将它们叫作"夏切"，就是肉狗的意思。好的猎狗在二十世纪六七十年代能值十头奶牛。尕塔的爷爷养过三四条猎狗，有一条猎狗是用一头公牛、一头母牛和十只绵羊换的。猎狗要比藏獒瘦长，跑起来也远比藏獒速度快。

早些时候也不是家家都有枪。猎人只带着一只猎狗出去，发现猎物后，主人就会蹲下来前进，猎狗也会跟着主人匍匐前进，好猎狗会跟着主人行动，主人干什么它干什么。当到达一定距离时，主人喊一声"脱"，就是藏语"跑"的意思，猎狗就会像箭一样去追逐猎物。打到猎物后，主人当场就会剥皮杀掉，割到的第一块肉要给猎狗。这块肉不大不小，一方面要奖赏猎狗，一方面还要让它保持饥饿感，这样才能继续去追捕猎物。

猎狗有两种，一种是追逐岩羊等山中猎物的，还有一种是追逐哈拉等草滩猎物的。藏族有谚语说"打岩羊的猎狗，要在山里追逐，岩羊肉无油，岩羊汤不浓；打哈拉的猎狗，在山花中奔跑，哈拉肉冒油，哈拉汤很浓"，以此来形容打岩羊的猎狗命不好。由于前者要在山石间奔跑，得到的猎物也丰盛，所以前者对于人类来说更值钱，我们讲的猎狗一般指前者。这种猎狗由于跑得太猛，经常会把爪子弄伤，主人就会在晚上给它的爪子抹上酥油等，还要用皮袋子把爪子包起来。

马匹是猎人的另一个好伙伴，平时可以骑着狩猎，还可以参加赛马。藏族人喜欢红色的马，因为格萨尔王的坐骑就是红色的。红色的马叫马波，还有金红色的君鄂、白带蓝的翁波。白马很少，大多是黑蓝色的马随着年龄的增长变成白色。拿第一的马会提高主人的知名度，所以主人经常给马取自己的名字。

措池红旗1号是一匹名马，曾经一直保持赛马第一名。赛马前，马一般只在日落前后吃草，必须吃干净的草，还要保持训练。其他马都要人去控制，唯独这匹马只需要用一根七八米长的缰绳拴在草地上，它就会主动只吃干净的草，自己围着马橛子训练。曲麻河还有过一匹传奇的马，名叫73号，是主人从祁连买来的，因当时身上烙有"73号"字样而得名。它多次在州县乡比赛中获奖，曾经一次赢得五把小口径手枪。

多秀村的人曾经惊讶地发现一群野马，毛色是金黄色的，有六十多匹。这让他们想起几十年前丢失的十三匹马，那些马当时好像凭空消失了一样，如此看来，这六十多匹马应是它们的后代。

善良的信仰：放生

放生是为了祈祷众生平安。一般藏族人家中有重大变故，就放生牛羊，据说放生一头牛或羊通常能延长主人三年的寿命。藏族人放生牛羊时会念经，放生的牛羊会在左耳打眼儿做标志，也会在脖子上做标志，其他人看到就不会伤害它们。放生的牛羊完全获得了自由，可以生活在自己家的草场，也可以到野外去生活。它们身上的任何东西都不能动，连毛也不能剪，这样一直到老死。我曾经见到放生羊在专门的山谷聚集，毛非常长，角非常弯。

藏族人认为野生动物都是山神的牲畜，藏野驴是山神的坐骑，母棕熊可能是山神的妻子。不过山神通常有点憨，他不会数自己的牲畜，只会注意比较特别的动物，比如白下巴的、白双臂的，又比如角多叉的，总之是非常独特的。所以当猎人打到独特的动物，他会到山下的牧民家里做客喝茶后离开。这时山神只会盯着那家牧民，而不会管猎人，所以山神是可以骗过的。

他们把山神分成黑神和白神。黑神脾气温和，通常对自己的山不管不问，所以住在山下的牧民没事做不富裕；白神脾气暴躁，只要你对他祭祀，他就会让你变得富有，当然如果你得罪他，也会受到惩罚。曾经有一群年轻人猎了一头棕熊，他们把棕熊的皮剥了，然后把尸体竖立起来，其中一个年轻人把棕熊当靶子打。当天他们回到家，晚上就招来了山神的报复，那个年轻人的父亲当晚就去世了，后来他的小儿子、小弟弟也接连去世，这让他感觉不对劲，赶紧去问活佛。活佛跟他说："你们最近杀的棕熊是山神的爱物，他非常生气。你们赶紧逃跑，要逃到一百公里外。"这个人当天就把黑帐篷拆了，用驮牛驮着，带着自己的家人开始逃亡。当他们经过一条狭窄的路时，一棵树突然倒下。

这是唯一的路，当时已经到了黄昏时分，他们只好在那里安营扎寨。当天晚上他的姐姐又死了，第二天他赶忙找人帮忙把那棵树清理走，一直逃跑到一百公里外，才摆脱山神的追逐。

在藏族人的观念中所有的地方都有神灵，地上有山神，地下有龙王。龙王的宫殿在大海，水中的生物都归他管，比如鱼、蛇、青蛙等。山神还可以骗过，龙王却是无法骗过的，并且龙王永远都不会忘记。得罪龙王的人只能一辈子远走他乡。

当地人曾经遇到一个从德格来的牧民，他们问这个牧民为什么到这么远的地方来放牧，牧民说为了躲避龙王。他向众人讲述了自己的经历：当时他跟两三个小伙子一起到野外捡柴火。在山坡上，他们发现一个被砍过的树的大树根，他们就把那个树根周围的土挖掉，然后合力把树桩推下山坡。当时尘土飞扬，他们什么也看不清。他们休息了一会儿，然后才去看树根，远远地看到树根底部有个黑亮的大疙瘩，走近才发现那是密密麻麻互相缠绕的蛇，大概有锅大的一团。这些蛇正在冬眠中。他们也没有管，赶紧回家去了。回去后他的全身就生出一种红色的疙瘩，有的化成脓疮，越来越严重。他赶忙去问活佛，活佛说他得罪了龙王，问他有没有干什么坏事。他就想起前几天的事，告诉了活佛。活佛说那就是症结，让他赶紧逃跑。他又去看了那个树根，发现乌鸦正在叼着蛇吃。他赶忙回去，跟家人道别后向西逃跑，一直逃到可可西里，他的疙瘩才化成黑色的痂脱落。他已经在外躲藏了四五年，非常思念故乡。前年他悄悄返回家里，当天他就又生出了红疙瘩，他只好在第二天再次逃回可可西里，一回去，那些疙瘩就自动消去了。

从可可西里走出的"雪豹王子"

长尾巴的雪豹是雪域高原的王者,它平常深居简出,住在雪线附近的山洞里,所以人们很少能见到。它们捕猎野牦牛的时候,会用嘴巴牵着牛鼻子,用尾巴赶着牛屁股,引到山洞,然后吸血吃肉。这是在可可西里采风时,尕塔跟我讲的。他还给我讲了许多有趣的野生动物的故事,前文中已详细讲述过。

这些故事深深吸引了我,以至于我把采风的主题都改变了。尕塔说这只是可可西里动物王国中的小情节,希望我再来采风,过后我一直惦记着这动物王国,在思考着一个好的讲述方式。直到2015年遇到当时的青海省委宣传部文改办副主任刘贵友,我无意间跟他聊起来,还给他讲了棕熊的故事。当时刘主任听得津津有味,过后不久我突然接到刘主任的电话,此时他正在安徽考察,他说想起我讲的故事,问我能否写一部展现青海生态文明的儿童文学。我听后好像找到感觉,在聊天中我想到从"雪域王子"雪豹的角度去写,后来将故事的名字定为"雪豹王子"。因为在可可西里,每种动物都有许多故事,虽然雪豹的故事没有其他动物的多,不过以雪豹的视角来写,就可以把所有的故事融会在雪豹王子的动物王国中去讲。我当即开始构思,让雪豹王子带领可可西里的各种野生动物保卫家园,很快就写出《雪豹王子》的故事梗概。

刘主任看后感觉非常适合改编成舞台剧。他在安徽考察的时候,正准备跟安徽杂技团合拍一部歌舞杂技剧。他让我试着将它改成一个舞台剧的剧本。舞台剧剧本我没有写过,不过电影剧本写过。我想剧都是相通的,回去就参考着将舞台剧剧本写出来。这就是后来安徽杂技团和玉树歌舞团合排的大型神话歌舞杂技剧《雪豹王子》。我是原著作者和编剧之一。我想起著名诗人吉狄马加写过一首长诗《我,雪豹……》,我从中选了一段做主题歌词。在大家的共同努力下,该剧获得了2015年国家艺术基金,2016年成功在合肥、西宁、西安等地巡演,后来又回到玉树演出。

大型神话歌舞杂技剧《雪豹王子》,分为《孕育》《成长》《天炼》《重生》《家园》五个部分,以雪域高原上典型的环境风貌和古朴的民风民俗为创作背景,通过精湛的杂技艺术语言和歌舞肢体语言,讲述了面部长有神秘豹纹的孩子"强巴"的传奇故事。失去父母的强巴被藏族阿妈收养了,后来村庄里降临了灾难,强巴战胜重重困难采得雪莲拯救族人,却不慎失足坠崖成为雪豹王子,然后奋力帮助族人打通通往雪域仙境的道路。我看后感觉很好,我觉得《雪豹王子》体现了三个层次的"大美":在故事背景上体现生态美,在戏剧主题上体现人性美,在舞台作品上体现艺术美。

随着《雪豹王子》的巡演,尕塔在措池村设立了雪豹文化节,让我改编一部小型话剧《雪豹王子》。我和朵咪去可可西里观看演出,舞台设定在长江第一大峡谷烟瘴挂峡谷边,周围是从各地赶来的牧民扎的黑帐篷。我在这里又遇到了老朋友索多,我们一起在长江边上朗诵诗歌,感觉无比惬意。

我们就住在夏吾巴山下。传说每座神山都有它的脾气,夏吾巴的脾气暴躁，若是有人在山上打了它的猎物，山上立刻就会乌云密布——这人要倒霉了。所以人们路过必须轻轻走路、悄悄说话，就算是猎人也要以各种隐语来交谈，生怕山神知道。本来当天早上下了雨，僧人便在山下做法事，雨很快就停了，人们说跟山神商量好了。在雪豹节上，穿着各种动物服装的牧民演出了原汁原味的话剧《雪豹王子》。看着那些憨态可掬的"动物"，观众爆发出一阵阵笑声。我仿佛看到"雪豹王子"回到了故乡。

可可西里的每种动物都有其独特的故事。那次我收集到近百个匪夷所思的动物传奇，《雪豹王子》就是这样从可可西里的动物王国跳出来的。我希望有更多的"雪豹王子"，把雪域高原上神秘的美传播到世界各地。

可可西里：我们的家园

日公加的父亲的外祖父叫东珠仁青，过去特别穷，靠狩猎为生。一天，东珠仁青到可可西里打猎，看到一群野牦牛。他用猎枪瞄准了一头母牦牛，这时他看到一个美丽的女子，她头上戴着羊羔皮帽，正在用牦牛角桶挤奶。他感觉特别奇怪，就没有开枪。他想过去看个究竟，可是等到他翻过一个山梁却发现，那里什么也没有，又走近点看，只看见一桶牛奶。他当天没有打猎，带着牛奶回去，请教喇嘛。喇嘛说这是山神的奶，是非常圣洁的东西，让他供奉起来，将来他的生活会越来越好。东珠仁青回去在佛台上将奶供奉起来，他果然一天比一天富有。他们家族定姓为"热亚"，就是"单个牛角"的意思。

这里是牧民的家园，他们深深地热爱着这里，他们在这里生活，在这里歌舞，在这里繁衍生息。他们有着善良的信仰。这里每个村都有一座寺庙，比如措池的然仓寺、昂拉的哈恰寺、多秀的哲然寺。然仓活佛在雪豹文化节上用白色的哈达包裹一尊铜铸的金刚佛赠给我，我将其供奉在阳台上，不久就开始创作大型电视剧《孔雀王》。不得不说，我跟可可西里有着不解之缘。

藏族人信仰山川，认为每个山川都是神灵，每到山垭口都会撒隆达（风马），挂经幡（卓然），用石子堆鄂博拉泽。随着他们的念经声，风马在空中飞起，山神就会保佑家人扎西德勒。刻有经文的石头就是玛尼石，在路上随处可见。

野生动物是山神的牲畜，牛羊是牧民自己的牲畜。他们对自己的家畜十分爱护，在藏语俗语中有对绵羊的九个比喻：脑袋像凤凰，鼻梁像野牦牛，眉骨像蛇，羊毛像丝绸，上身像盘羊，下身像岩羊，屁股像黄羊，颜色像白雪，四肢像卓（黄牛和牦牛杂交种）。

这里的环境太恶劣了，所以必须要用自己的智慧走出困境，牧民们的故事中经常有以弱胜强的桥段。当地流传着"七只绵羊下拉萨"的故事。七只绵羊要去拉萨，路上遇到一匹狼，狼要把它们全部吃掉。七只绵羊说："你现在不要吃我们，等我们从拉萨回来，我们生了小羊羔，你就能吃十四只。"狼相信了它们的话，放七只绵羊到拉萨。第二年，七只绵羊返回时带着七只羊羔。它们抵达狼出没的地方，那里出现了一只兔子。它们笑一声哭一声，兔子问它们为什么又哭又笑，它们说："笑的是遇到的是你，哭的是还要被狼吃。"它们告诉了兔子跟狼的约定，兔子让它们放心，它来想办法。它们跟着兔子走，路上捡到一把刀，它们问兔子："这有用吗？"兔子说："带上，也许后面会有用处。"它们后来又捡到一块磨刀石，它们问："兔子，这有用吗？"兔子说："带上，也许后面有用处。"兔子拿起刀在磨刀石上磨得很锋利。且说狼在赶来的路上遇到一头熊，狼对熊说："去年七只绵羊答应让我吃，现在应该有十四只了。"熊听后非常高兴。狼说："我们把尾巴拴在一起走。"它们就把尾巴绑在一起。狼和熊来了，正好遇到十四只绵羊和一只兔子，兔子说："狼，去年你答应给我们一头母牛，是不是这头？"熊听后以为狼出卖它，疯狂地逃走。狼被拖在后面，最后被活活拖死了。狼死后，兔子上前把熊的尾巴砍断，从此熊尾短而狼尾长。

在这里，我还了解到过去草原民族的部落形成。那些部落不是血缘的组织，而是经济组织，谁的感召力强，周围的部族就会加入，所以人类历史上才会有那么多草原民族的聚散。玉树原本是二十五族的地方，统辖在囊谦千户之下，后又发展为三十六族。曲麻莱县是以布久部落为基础建立起来的，这里过去本来部分属于久治的年措部落，在靠近可可西里的地方都是荒无人烟的。1921年以后陆续有人从果洛等地逃到这里，组成第一个部落——布久部落，由于部落首领强大，他逐步在下面聚集了另外八个部落，部落首领被任命为千户。米福堂原本是九世班禅的秘书，千户认为布久部落会在他手下走向繁荣，就把女儿嫁给他；马步芳任命他为新千户，在这里设立星川设治局。米福堂做局长,设治局在中华民国时期是建县的过渡机构。新中国成立后县名定为曲麻莱,是曲麻河和莱阳滩的合称。曲麻河就是楚玛尔河,也是曲麻河乡得名由来;莱阳滩在楚玛尔河跟通天河交汇处,当时是布久部落的驻地。曲麻河乡主要属于然仓部落,下面又有五姓小部落,大概有六十多户。从这个部落的发展史,可以看到过去草原上的民族变迁过程,它们大体上都是前面的统治部族散落,后起的强势部族统一的结果。

在我听了那么多动物故事后,尕塔送给我一块在通天河畔捡的豹纹石头,我说这是雪豹王子的宝物。我通过电话跟索多道别,江文才让开车送我离开,我们当晚住在夏吾巴山下的措池村。我坐在草地上看着满天繁星,写下了《可可西里的苍穹》:

紫色的小花铺成床垫

花朵都在向我微笑

蓝色的天空做成床帐

星星都在向我眨眼

骏马的嘶鸣声在风中传播

牦牛的倒嚼声就在不远处

一群牧民围着帐篷唱远古的歌

我们仰卧在大地上望苍穹

看月升日落

听长江轰鸣

人间俗事我们都不管

今夜我只想躺在可可西里望苍穹

　　江文才让带着我到了长江第一大峡谷，先后遇到鹰、狼、隼三种动物，这是非常吉祥的，预示着我们做事会无往不利，我想一定可以把可可西里的动物故事写好。我们沿途见到成群的藏羚羊和藏野驴在奔跑，秃鹫和鹰隼在盘旋，它们好像是从故事中跳出来的。江文才让说现在野生动物几乎要"泛滥成灾"，大白天都有雪豹光顾村子。如今这个区域正在逐步实行生态移民，许多牧民已经生活在了格尔木的移民村，将来这里会重新成为野生动物的王国。

第二辑

昆仑游

深入大昆仑腹地

——从西宁到德令哈

今天早上我从我的小屋——巴别塔尖踏上到德令哈的火车，一路向西。昆仑山从帕米尔高原起源，在青海境内分成三支向东绵延。北面的祁曼塔格山向东延伸到阿尔金山，再从那里经过祁连山、贺兰山、阴山、太行山到燕山，最后到渤海。南面的可可西里山向东延伸到巴颜喀拉山，再从那里延伸到横断山、大凉山、巫山、武夷山到南岭，最后到南海。中间的阿尔格山延伸到东面的阿尼玛卿山、布尔汗布达山，再向东经过岷山到秦岭、岐山，再到洛阳的伏牛山，再向东到泰山，最后入黄海。所以我是在不断深入大昆仑山的腹地。坐在火车上，我感觉高天在厚土之上不断开启，内心有种莫名的兴奋。

我在走之前突然决定带两本可以读许久的书，于是我带上了《圣经》和《易经》。西行的前夜我睡了不足四小时，上车后本应补补觉，但是又忍不住欣赏起沿途的景观。火车路过湟源。湟源古为丹噶尔城，曾经是茶马互市的地方，也是通往西藏的唐蕃古道和通往新疆的南丝绸之路的交会处,过去被称为海藏咽喉、茶马商都,如今这日月山下的市镇虽然已失去昔日的繁华,却难掩历史赋予它的光辉。我认为我的大昆仑行走从这里经过有种象征意义,我也将从这里沿着唐蕃古道、南丝绸之路向西藏、新疆行走。

湟源还有许多农田,但过了日月山就是环青海湖草原。日月山是青海省境内农区和牧区的分界线,也是唐蕃古道和丝绸之路分开的地方。日月山因入藏的文成公主而得名。据说文成公主在经过唐蕃交界处的日月山时,取出镜子来看,无意间摔成两半,东面映日,西面照月,从此这里便被称为日月山。

翻过日月山后,我的眼前出现了一个巨大的湖泊,那就是如海一般广大的蓝色青海湖。"青海湖"在蒙古语中称"库库诺尔",在藏语中称"措温布",都是"青色的海"之意。它是藏传佛教的第一大圣湖,以前叫作西海,传说是西王母最大的瑶池所在,青海湖周围也正是从前的西王母国。青海湖是中国最大的内陆湖,四面都是草原。青海省由此得名,青海的州地名海西、海北、海南、海东也由此而来。

再远处就是山,山上的冰雪融水流入湖中。湖中盛产一种鲜美的无鳞鲤鱼——湟鱼,青海湖的最大支流布哈河是湟鱼的产卵地。曾经因为当地牧民不吃鱼,所以湖中生活着很多鱼类,后来人们开始吃鱼,湟鱼也开始濒临灭绝,现在政府已经禁捕。湖中的鸟岛是许多鸟的避暑地。湖心有海心岛,传说是名马火龙驹的诞生地,马跟龙在这里交配产下火龙驹,周穆王去会西王母时骑的八骏据说从这里得来。青海湖我夏天和冬天各来过一次,夏天的青海湖蓝得很好看,冬天更加独特,仿佛一块无边的大冰。

青海湖周围有许多因土地沙化形成的沙丘,草不是很高。金银滩的草原最好,我曾经在上面骑马。现在西海镇就在湖边,那里以前是原子弹研制基地。跟我们在一个车厢的老夫妇很失望,他们本来要看的是"天苍苍、野茫茫,风吹草低见牛羊"。我跟他们说,那写的是阴山下的草原,那里的草好,青海的高原草场都是这样低的草,不过这草在高原已经算很高了。我一直守在窗口,看着青海湖,给两个退休的老人讲青海的情况。

火车行驶了很久都没有走出青海湖,望向窗外,眼前只见一道蓝色的线挂在天边。路过海晏县,这里是汉代王莽设立西海郡的地方。当时已经有东海、南海、北海三郡,王莽就让羌人西迁,设立西海郡,这样就"四海升平"。可惜不久他建立的新朝就灭亡了。现在海晏的三角城遗址中还有一块巨大的"虎符石匮",一头石老虎站在巨大的石座上。石座即石匮,据说是用来存放皇帝颁发的符命之类的文件。

中间实在劳累,我就到自己的铺位上睡觉了,我叮嘱老人火车到哈尔盖时将我叫醒,因为读过西川的《在哈尔盖仰望星空》,我觉得哈尔盖的景色不能错过。睡梦中,我来到一处风景绝美的地方,正要下车去拍照,突然天空下起小雨。这时我醒来,看到车窗外一片阴暗,就趴到窗口仔细往外看,外面果然飘起雨点。我感到诧异极了,梦境仿佛和现实是相通的,我感觉到了这里的灵性。我问两位老人车开到哪儿了,他们说到了天峻。我一惊,问怎么没有在哈尔盖叫醒我,老人说他们也睡着了。火车在海西天峻县二郎山中环绕,我回想刚才做的梦和发生的事,掏出我的笔记本，在火车上写下了《梦雨或哈尔盖》。

在天峻一段，我感觉那里的草要比青海湖周围的好，和缓的山间草地起伏，奇峻的山都被青草包裹，这种雄壮在其他地方是不可能有的。一个德令哈老人说天峻的二郎洞以前是西王母住的，二郎神后来才来。我们所到的这广大的柴达木盆地属于海西蒙古族藏族自治州。

这时我隐约听到有悠长的歌声传来，我跟东部来的老人说那是外面的牧民在唱歌，他说他没有听到。可是那歌声愈发清晰，我让那老人再次倾听，他说好像听到一点儿歌声了。那歌声嘹亮起来，仿佛外面和缓的草场一般。我兴奋地说牧羊人在唱歌，德令哈老人却说是隔壁车厢的人在唱。我走到隔壁的车厢去，原来是几个藏族人在车厢连接的抽烟处唱歌。我过去问他们在唱什么，一个藏族男子笑着说是《九曲》。我问是黄河的九曲吗，他说是。我正纳闷这里看不到黄河，他们怎么会联想到黄河的九曲。他马上补充说，他们看见草原就想唱歌。

火车穿过一座山，眼前变为宽广的原野，不过原野上的草骤然稀疏起来，事实上已经同随后见到的绵延不绝的盐碱地差不多了。我猜测这样宽广的土地，当年一定水草丰美，这就是青海在古代唯一一个当地王朝——吐谷浑存在的理由。

同在一节车厢的德令哈老人是柯鲁柯（亦译为"克鲁克"）镇一个村的书记，他正在试验用大棚种植美国提子，据他说他的试验已经成功了，虽然去年试种大蒜失败过。他跟我讲他在养藏獒，虽然他不识字，却知道杨志军的《藏獒》，他跟我讲了藏獒的一些趣事。老人原本是海东民和人，其实我早已从他的口音判断出来了。

我看到这边的农村许多都是土夯的墙，就问德令哈老人缘故，他说因为没有砖。我看到田地中收割麦子的农妇通常头上戴着的都是桃红色的头巾，我问是不是她们只喜欢桃红色，因为我在西宁也常看到女性戴着桃红色的头巾。他说其实这是现在流行的色彩，就跟流行的服装是一样的。他说最初她们喜欢花色，后来依次是绿色、桃红色，最近流行的是白色。事实上青海根本不是我们想象中的遥远的地方，这里和其他地方也有各种联系。

德令哈老人一路上都很高兴，车到乌兰地界时他居然不自觉地唱起"花儿"。我问他为什么唱这个，他说他们那里就喜欢"花儿"，无论哪个民族，跟喜欢流行歌曲是一样的。这"花儿"在甘青宁三省流行，女人唱的叫"花儿"，男人唱的叫"少年"。调子都是一样的，歌词却随着情景千变万化。对歌的人可是了不得，他们要将历朝历代的事唱出来，谁要是对不上就算输了，那是很丢脸的事。我想到诗歌的产生其实就是为了抒情。我想这种传统在中国史传说唱文学中某种程度上代替了史诗。我问他刚才唱的歌词是什么意思，他说是一个被爱情折磨的小伙子对姑娘的抱怨。他逐句跟我说大意："金阳草帽十八转，转转里边有丝线。小妹妹唱歌男人多，在这个世上对你有亏望。"

乌兰是一个岔口，从这里沿着柴达木盆地往西北走就是德令哈，往南面走就是都兰。都兰曾经是吐谷浑的一个都城，在热水乡还有吐谷浑王族的墓葬。都兰的诺木洪有羌人文化遗址，在那里出土了最古老的骨笛，传说是"羌笛"的原型。这南北两条路环绕柴达木盆地，最后在格尔木相会。我计划返回的时候从柴达木南线走。

果然越往西走就有越来越多的灰色盐碱地。虽然过了日月山就进入了柴达木盆地，但是现在才算是真正深入昆仑内部。"柴达木"在蒙古语中是"盐泽"之意，很符合实际，这地方太苍茫。这盐碱地起初让我感觉新奇，慢慢地我就厌倦了，眼前一直是那样绵延不绝的灰土色，除此之外，别无其他颜色。最后我几乎有绝望的感觉，千里的戈壁滩，中间几乎一个人都没有，如何生活？快到德令哈的时候，我看到盐碱地上出现了巨大的白色盐湖，直到市区总共看到了三个。德令哈老人跟我说他们从前吃的就是这样的盐，直接挖回去就可以腌咸菜。从西宁出发，我第一次深入这样的不毛之地，我无法想象如这里这样荒凉，直到看到德令哈原野我才豁然开朗——或许绿洲的意义就在于此。

柴达木深处的吐谷浑故地

穿过无边的戈壁滩,在灰色的飞沙中我看到一座城市,在傍午时分显得那样虚无。走下火车,凉风吹来,这是真正清凉入骨的风。初次吹到这样的风,我当然兴奋,这里的朋友却说这是因为我没有在春天来,那风会穿透我的。我心想,这就是德令哈,我一直幻想中的地方。"德令哈"在蒙古语中是"金色的世界"(亦译为"广阔的原野")的意思,现在我可以真切地感受到它的广阔。

我在德令哈有个大学同学,下火车后我就直奔他那里——巴音河小学。一下车,就看见一群孩子在一个院子里像鸟雀一样四处奔跑打闹。我在院子里见到他,已经两年未见,我们都很高兴,估计我的到来于他单调的生活也是一种变化。

我的这位同学是名土族汉子,据说土族是吐谷浑人的后代。吐谷浑是鲜卑慕容部的一个部落,首领吐谷浑在晋代率众而来,在这里建立起中国历史上唯一一个以青海为中心的王国。其都城迁移过多次,其中一个就是青海湖西的伏俟城,墓葬则在柴达木南的都兰县热水乡,那里有一座被称为"九层妖楼"的墓葬,传说是用柏木垒了九层。以前那里不是戈壁滩,而是柏木森森的地方。吐谷浑曾经立国三百余年,是西部强盛一时的势力。隋朝曾经将光化公主嫁给了吐谷浑的世伏可汗,唐朝曾经将弘化公主嫁给了诺曷钵可汗,并封诺曷钵为青海国王,可见其强大。不过唐朝时吐蕃已经兴起,最后吐蕃将吐谷浑赶出青海,留下的部众就是后来土族的祖先。当然后来土族又融入蒙古族人的血统,由此他们自称蒙古尔人。

我们一起去吃饭,一路上是绿色的麦地,跟海东的农村差不多。这里是因海西州政府迁来而兴起的新兴城市,当地居民大多都是移民,所以不存在当地风味。我们去吃砂锅,谈论这两年来的变化,谈其他同学都在干什么,我仿佛走进了一卷风俗画中。

饭后我们一起在街上漫步,这里主要是一条东西向的主街——柴达木路。路过巴音河,里面没有水,我以为是干枯了,那种虚无感再次袭来。后来我才发现是河槽中正在施工,水从另外一边的渠流过,那是一种迷人的蓝色。我想起西屠诗中所幻想的蒙古公主的故乡。

他们习惯分德令哈为河东、河西,我们从河东到河西去,沿着这唯一一条街道向下走,他带我去新修的民族风情塔观光,这里在他看来是德令哈唯一的景观。在山丘上,白色的石头围栏后是一座红色的塔。在广场上,我们拍照,看到广场上一大群人在跳锅庄舞,这是一种宏大的藏族集体舞。我在西宁的时候也曾经跳过,不过像这样数百人的场面,我却第一次见识。以远处的祁连山脉为背景,这样一群人绕着一个大圆圈起舞,其雄宏气势简直同青藏高原的气质相契合。

因为刚刚开学，我同学的宿舍在粉刷，我随他到同乡的宿舍去睡觉。他们正在看电视剧，由于很累，我先躺在床上睡，睡醒后发现他们仍然在聚精会神地看那部电视剧。我取出笔记本，借他们的笔，写了几首诗。接着我取出笔记本电脑开始记述今天的游记。在我的西行途中，我每天要抽时间来记述当天的见闻。门口堆满空啤酒瓶，我数了数，有整整三十扎。此时他们已在睡梦中，有一个人说梦话，一个人打鼾，一个人磨牙。我在午夜两点才又睡下，我昼伏夜出的作息习惯似乎很难调整过来。

戈壁中的广阔原野：德令哈

今天下午我骑上我同学的自行车走遍了德令哈的每一个地方，昨天我感觉到的德令哈是那样荒凉，今天我却更多感觉到它的奇特。在茫茫的戈壁化的柴达木盆地，出现了这样树木成行、绿野苍苍、市镇繁华的地方，真是奇迹。这柴达木原本是羌人的地方，后来吐谷浑人来了，再后来是吐蕃人，最后是蒙古人。现在柴达木盆地中的名字基本上都是蒙古语的，不过蒙古族人并不多，许多都是因为开矿而来的移民。青海的蒙古族人多是明末固始汗带来的卫拉特蒙古四部之一的和硕特部蒙古人，德令哈属于那时的北左旗和北右旗。蒙古族人经常用左右前后这样的方位词。

我仍然感觉德令哈市很小，一不小心就会走进原野，接着就是灰色的盐碱地。在德令哈市区悠闲地骑自行车，只需要一个小时就可以全部转完，还要算上中间去一个朋友处喝一杯茶的时间。我们这样的过路人，当然会感觉震撼，可是长年累月在这里的人就不是这样。我的同学说这里太荒凉，单调的生活，让他时刻想着要离开。

昨晚我跟我同学两人合睡一张单人床——我向来不习惯跟人合睡,而且我一直有昼伏夜出的习惯,所以躺在那里一直半梦半醒。因为太过劳累,梦没有记下来,醒来只记得一些片段,然而我可以肯定的是做的都是好梦。我在梦里很高兴,这是多么难得,这么多年我一直做的是噩梦,只要翻看我的三百余篇《梦魇》便可知道。所以我在想昨天我对德令哈的印象一定有偏颇。这时,我发现我的手臂上有两个疙瘩,我问他们初到这里的人有无高原反应,并让他们看我手臂上的疙瘩。他们说这是蚊子叮的包,好在现在蚊子已经没那么多,夏天蚊子可是要"吃人"的,要是在外面大便,站起来会发现整个屁股全都是疙瘩。傍晚的时候我便充分感觉到了,因为老有大蚊子叮我,而且居然有蚊子在我的头顶叮出一个大包。

我们住的地方是在德令哈的最东面,巴音河小学在最西面。晚上我和我同学一起回去,这次我们坐的是公交车。这里总共只有三路公交车。次日清晨,我们到市区吃早饭,在清凉的早晨中,我感觉德令哈如此宁静。德令哈南面的远山属于祁连山脉,重峦叠嶂的,铅色的云在山间飘荡——看着这里的云在天空中游走,就有种置身天界的感觉。在中国其他气候湿润的地区,山都已被征服,表面都被植被覆盖,山顶那样和缓,像中和之道的圣人。在德令哈则正好相反,这里的山都是棱角分明的,仿佛刀削斧砍过一般，像桀骜不驯的武人。人们都说"五岳归来不看山，黄山归来不看岳"，现在我只想说"昆仑归来不看黄"。

当地的早饭跟内地基本一样，我们点了油条和豆浆。附近就是当地的信用社。我想起大学认识的苏德格日勒就在信用社里上班，想顺路去看看她。她工作的时候穿着一套职业套装，感觉似蓝色的盔甲，气质上和大学时候有了很大的区别。她是德令哈当地的蒙古族，在大学的时候，我们给她取了个外号叫"和硕特公主"。青海的蒙古族是漠西厄鲁特蒙古四部中的和硕特部（其他三部是准噶尔部、杜尔伯特部、土尔扈特部），和硕特部曾经是厄鲁特蒙古中最强大的（后来是准噶尔部），固始汗是和硕特部的首领。离开大学这些年，经历不同的岗位人事，我们似乎已经没有太多的共同语言。我问她蒙古语的一些地名，因为海西的地名基本上都是由蒙古语音译而来的。

她告诉我"德令哈"是"金色的世界"的意思，可是我之前了解到的是"广阔的原野"。她说我理解的意思也包含在里面，这种"世界"的解释更可以凸显德令哈的广阔。"乌兰"是"红色"的意思，她也不知道为什么是红色。我后来查资料发现蒙古语地名中有许多是有关红色的，据说这跟蒙古族早期崇尚火有关，"蒙古"本身就是"永恒之火"的意思。湖泊中的"柯鲁柯"是部落名，也是"水草丰美"的意思。苏德格日勒就属于柯鲁柯部落，海西有三个蒙古族部落，另外两个在乌兰和都兰，湖泊中的"托素湖"则是"酥油湖"的意思。德令哈最靠西的镇

"怀头他拉"是"平安"的意思,这个名字我很喜欢。"柴达木"是"盐泽"之意,"柴旦"是"盐海",到格尔木时会路过大柴旦、小柴旦。苏德的全名是苏德格日勒,"苏德"我不知何意,"格日勒"是"光芒"的意思,这是蒙古族人名中经常出现的一个词尾。为了不耽误她的工作,我们便匆匆道别了。

我搭便车赶到褡裢湖去,褡裢湖是相连的姊妹湖,北面的是柯鲁柯湖,南面的是托素湖,可奇怪的是柯鲁柯湖是淡水湖,而托素湖是咸水湖。早在西宁时我就听说了这对神奇的姐妹湖,现在亲眼所见远比想象中让人感觉更好。只见周围都是浓密的芦苇,湖里有一条破旧的船用来巡逻,防止盗鱼。有人指着托素湖南面的山,说那里有外星人遗址。山脚下有三个不规则的三角形岩洞,这些山洞跟常见的天然岩洞不同,一看就是人工开凿的。洞内有一根一百多米长的大铁管从顶上通到洞内,洞口还有十多根铁管插入山体。这些铁管与岩石完全吻合,看起来不是先凿好洞再放入,而是直接将铁管子插入坚硬的岩石中的。这些岩石是两千万年前的,那时根本不可能有铁管,于是很多人说那是外星人的遗址。我原想去看看,但由于时间紧迫,最终放弃了。

上午的时候,我的同学在指挥他代课的五年级学生打扫学校,看着那些孩子我想起了我的小学时光。由于他的办公室在粉刷,我就在孩子们中间往来穿梭,看他们干的一些有趣的事,仿佛回到童年。我来到低年级的教室,只见孩子们在嬉戏打闹,有的还在教室中追赶奔跑,在呼喊的海洋中我很快就有窒息的感觉。我看到有个女老师在亲自打扫教室,因为这些孩子还太小。这个女老师在德令哈女孩中算是美丽的,不过我同学跟我说她有癫痫病,不知何时就会发病,大多时候她都是沉默寡言的。

整个上午我都在校园里漫步。这些孩子大都很害羞,我问他们话时,他们要么不说话,要么径直跑开。出乎我的意料,巴音河小学中,蒙古族、藏族的学生非常少,多是汉族、回族的。校园里有一群小女孩,她们一直在做各种各样的游戏,大多同其他地区有所不同。有一个游戏是游戏者分两拨,手拉手面对面站立,开始这样的对话:一方说"银白菜,银白菜,把你的朋友交出来";另一方问"你要谁",这一方指着对方中的一个人说"我要她"。这时被指的人就选择对方一个拉手的位置用力冲过去,假如把队伍冲断了,就要对方一个人回来;假如没有冲断,就成为对方的人,然后互换角色继续游戏,直到一方不再有人。我记得我们小时候也有类似的游戏,只是忘记了具体的口令。

我到校园外的村子里漫步,走到平展展的麦地前,发现一小块地中种有很像麦子的植物,我怀疑是青稞。因为我还没有见过青稞,就采一株小的去问学校里的孩子。他们说这是莓叶(音),我问可以用来干什么,他们说就是草而已。我估计是喂牲口的。

老师吩咐的事似乎是一种荣誉,孩子们都会飞快地去完成,这跟我当年的心态一模一样。大点儿的孩子很快就打扫完了教室,接着又到花圃中除杂草,杂草除完后他们又引来水给花儿们浇水。这种灌溉的渠在德令哈绿洲上纵横交错，都是从巴音河引来的，水非常清。这里最大的特点就是干旱，西屠曾经多次跟我提到当地的干旱，这几天我的手指都有点儿开裂了。

午饭后我决定自己逛一圈德令哈，这样或许会更有意义。我骑着自行车出去，先在乡村马路上行走，路两侧迷人的杨树夹道，过几天就会是黄叶飘飘的景观。路遇一个老农，我问他这里是什么地方，他说他住的地方是巴音河中村，西面是巴音河西村，东面是巴音河东村，后面是白水村。我问村里有无寺庙，他说白水村后面有一个很大的鄂博（蒙古语中指路标或者界标），是附近几个村共同的鄂博。我沿着路往上骑，在两边都是麦田的乡村公路上骑车让我兴奋。在我要骑出白水村时，仍然没有任何鄂博的踪影。我问路边的一个妇女，她说鄂博还在非常远的山上，我只好作罢。我留心观察了当地村民的表情，这几天我见到的村民几乎都是与世无争的样子。

我骑车到市区，德令哈分河东、河西，这里是河西，主路昆仑路是沿巴音河南北走向的路。我骑车沿河东的东西向主干道柴达木路走，过巴音河桥时我再看巴音河，昨天我可能被施工设施影响，没发现巴音河其实是一条非常美丽的河。那河水是翡翠色的，跟高原湛蓝的天相辉映，样子极为清丽。现在北面的新桥也修好了，正在疏浚河道。在河边的高台上有一匹铜奔马，我感觉它如从巴音河中跳出一般。无独有偶，在东面的中心广场上也有一匹同样的铜奔马，两匹马仿佛遥相呼唤。我骑车很快就到达了昨天人们跳锅庄舞的中心广场，又从这里折到南面的新路格尔木路，返回那座新巴音河大桥。我再次凝视巴音河，在阳光的照耀下，那河面显现出一种迷人的蓝。

沿途有一个小广场，广场中心是一个镂空的地球仪，我骑车围着地球仪转，围着地球仪看四方，有窥探世界的感觉。路过喷泉时，没想到水流是旋转的，我被喷了一身的水。德令哈的喷泉可能是"有阴谋"的，而德令哈的雨则友善多了，我骑车出来时德令哈只下了几滴雨。我刚还在想昨天那个德令哈老人说今天要下雨的事很荒唐，因为今天晴空万里，很快就飘过来一块乌云。乌云滴下几滴雨，这让我感觉这雨是多么透明，那雨跟云是完全对应的，有云就是雨，一切都可以看得见。我骑车在那个小广场转悠了许久，因为那里独特的构筑太适合骑车了，即便只是环绕那个地球仪在转圈儿。

我沿着格尔木路穿过新巴音河桥向西，很快就看到农田。我又沿着路向南骑，直到到达一个村庄。这里离第一重山只有很近的距离，山后面还是重重叠叠的山。我沿着乌兰路继续向西走，路过我们昨天去的民族风情塔，到乌兰西路的时候，我的自行车不自觉慢下来——这里是德令哈最美丽的一条街道，两旁的垂柳一直排向远方，黄色的叶子在风中飘，有的落在地上，有的落在我的肩膀上。然而当我骑到路尽头时，正好起风，尘土飞扬，全没有了刚才的感觉。到了河西，我远远看到清真寺的三个尖顶，沿路去寻找，最终找到一个门牌都是"清真寺"的村子。这是巴音河村对面的一个村子，我终于明白了巴音河小学回族学生多的原因。

我在走街串巷时，常常惊讶于女子的美貌。我在跟这里的路人说话时，没有一个人是蛮横的。这个小镇给我一种平静的感觉。我同学今天很累，我们一起回宿舍，他睡觉，我打开电脑记录今天的游历。德令哈的夜晚清凉如水，我一口气写下了有关德令哈的七首诗。我从没有像最近一样每天能写下这么多的诗，可能我的心太受震撼，在这里行走，我有种探险的感觉，仿佛"凿空之行"。写作期间，我时不时走出门去——今晚德令哈的星空格外灿烂。

穿越柴达木

——从德令哈经过小柴旦到格尔木

车出德令哈,一路都是单调的戈壁滩,上面只稀疏地长有一种植物——骆驼刺。一个人在这样的土地不断深入有一种奇妙的感觉。柴达木处于西藏的高原和新疆的沙漠中间,从这里向西南就到西藏,向西北就到新疆,所以这里像丹噶尔古城一样是一个岔口。

当窗外风景一成不变的时候,我将目光转向了车内。我旁边有一个藏族年轻人,他要去大柴旦的亲戚家。我前面坐着的一个中年农民工回过头来,我发现他的眼睛是蓝色的,便问他是什么民族的,他说是汉族,我想他的祖上肯定有其他民族的血统。一个到格尔木的轮胎商人听到我是外地口音就跟我聊起来,他是湟源人,在格尔木经商。他向我介绍格尔木,我问他格尔木的黑三角在何处,他笑着说看来黑三角非常有名。所谓黑三角其实就是回族聚居区的一个旧货市场,就在汽车站东,据说在那里什么东西都能买到,当然这只是传闻。他同样跟我提到了许多格尔木人都在津津乐道的：格尔木是世界上面积最大的城市。

原来的路是先向西到大柴旦，再从大柴旦向南到格尔木，不过因为修路，我们这次并没有经过大柴旦，而是从大柴旦附近的小柴旦直接向南。"柴旦"在蒙古语中是"盐泽"之意，青海有大柴旦和小柴旦两个湖。我看到了迷人的小柴旦湖，一线蓝色的水同远山及山上的云互相辉映，这样的景致在戈壁出现，让人感觉闯入了仙境。今天小柴旦湖还出现了奇观：湖面的外围都是土黄色的，再往里圈是黑色的，中间则是蔚蓝色的。我问常走这里的那个商人，他笑着说从来没有见过这样的小柴旦，可能是水神发怒了。

从小柴旦开始向南行走，大概在德令哈与格尔木中间的位置出现了一个三岔路口，轮胎商人指着这个三岔路口告诉我，那条向西的路可以到达敦煌。我在考虑到西藏后假如阿里那边不好走，就返回格尔木绕敦煌到新疆，这也是一条很好的路线。

前面又是同样的戈壁，在小柴旦前的路段出现过一个大煤沟，小柴旦后的路段则是锡铁山，都是冷冰冰的地方，但在有的地方还能看到鸟。我惊讶地问格尔木商人，在如此荒凉的地方这些鸟吃什么，他说草籽。我说我还看到了鹰，他说鹰可以吃兔子和田鼠。我问兔子和田鼠吃什么，他说吃草籽。在只有骆驼刺的地方，这样的生物竞争上或许更残酷。

南下的路上起初是戈壁，后来竟然是寸草不生的荒漠，再后来我们的车驶上了万丈盐桥，这里就是中国最大的盐湖察尔汗盐湖，"察尔汗"在蒙古语中也是"盐泽"之意。这个盐湖实在太大了，让我感觉我们似乎一直都走不出去。只见车窗外两边都是潮湿的盐田，有的地方像结冰的小盐湖，这里没有任何植物，倒是有全国最大的钾肥厂。

我们用了很长时间才走出察尔汗盐湖，这里的戈壁上不再是一路的骆驼刺，而是长着另外一种像芦苇一样的草。这种草起初很稀疏，越往格尔木方向越稠密，不过始终都不是非常茂盛。格尔木的郊区是乡村，就是格尔木河西的郭勒木德镇。我不知不觉进入格尔木市区，这里有一种过渡感，不像德令哈那样唐突。街道都很宽广，这也是格尔木人经常引以为豪的。经过一路颠簸，我终于抵达了河流密集的格尔木。

河流密集的格尔木

格尔木给我的印象是非常安详的,朋友土玉也这样说。"这里的人似乎都很平静,在这里生活久了会让人失去斗志。"果真是这样吗?"格尔木"在蒙古语中意为"河流密集的地方",这里是一座沙漠中的绿洲,因为修青藏公路而建起的移民城市。这里的每个人似乎都让我感觉是这座城市的客人,他们共同聚到这里仿佛都是为了生计。

我跟土玉已经许久未见。他来车站接我,我感觉他的脸始终笼罩在一种无奈的情绪中。他说这里没有特色菜,都是全国各地的菜色,我们最后决定去吃卤肉。饭后我们一起去了一个叫茗琴的酒吧,在靠窗的一张桌子前坐下,边喝酒边聊天。土玉给我介绍格尔木的城市性格,他说一座城市跟一个人一样,没有特征是无法发展的。不过他只是简单介绍这是一座兵城,是凭借军事条件才发展起来的;格尔木的街八横八纵,像一个棋盘。他最后神色黯淡地说,这是一座非常有发展前景的城市。

他接着讲他自己的郁闷。他从前是一个非常疯狂的人,可惜现在他不再画画,不再写书法,不再写作。他说得有气无力,似乎被这个社会压得不再有力量。饮不多久他就感觉胃里难受，他说是因为最近应酬太多，我却感觉他是太愁闷。不过他跟我说他不会认命的。

前面我都在听他说，听到他说命，我就跟他说其实天命是存在的，不过我们的自强不息就是天的意愿。我跟他说一切都不需要去刻意做，按照自己的生命力去行事，这样很多事就成了自然而然的了。我跟他讲述了我遇到的一些神秘的事情，比如梦的暗示性。

我和土玉回到他的住处，那是一个单人间。我决定到一个大学朋友那里去，他在格尔木刚买了房子，我喜欢单独睡。我看他的书桌上面摆有我寄给他的《谁在苦闷中象征》和《巴别塔尖》，这次我又将我的诗集《冷抒情》送给了他。

时间不早了，他送我下楼，我打车到那个大学朋友处。这里是一个不设防的小区，我居然畅通无阻地直达他的门前。他已经睡了。开门后我们闲聊了一会儿，他给我的感觉和当年比没有太大的变化，他给我安排了一个房间就又继续去睡了。这是一个非常舒适的房间，我在这里静静记述今天的行踪，只是没有写诗的冲动，大概那种冲击感已经过了。

醒来已经快到中午，昨晚的梦记得一些片段，我梦到自己回到单位，本来我是辞职的，领导模糊地说是给我放了个长假，我却不置可否，又陷入紧张的工作中。我在选我不在行的体育稿时很是吃力，我原本是负责国际新闻的。这个梦是我辞职后做的首个不高兴的梦。

他的房子是两室两厅一厨一卫,他在早上出门时将门钥匙交给我。我急于要看格尔木的样子,刚出门却遇到他回来,我们就一起出去吃饭。我们吃了陕西的裤袋面,上次我在商州第一次吃裤袋面,没想到这里也有。饭后我们在周围漫步,处于市中心附近的一条商业街上几乎有一半的店铺关着门,后来走遍所有的街巷,我发现格尔木仿佛一座空荡荡的城。从前青藏公路只通到格尔木,这里就是入藏的中转站,因此繁荣一时,现在青藏铁路通了,大量人和物直接抵藏,这里的繁华也随之一去不复返。

我们一起骑车到他教书的学校,然后我骑他的车在格尔木游走。我们是在格尔木的最东面,远处就是无际的旷野。格尔木阳光明媚,这里的紫外线格外强烈,没走多久,我的背就感觉灼热异常,整个下午都是这样。传说中的黑三角就在附近,我顺路去了河东大清真寺。远远地,我看到金光闪闪的清真寺尖顶,再往回走就是黑三角。这里是回族聚居区。我逐渐靠近清真寺,这里的人也很少。

我来到了清真寺前,这是一座很宏大的建筑,主殿是一座汉式殿宇,四周有四个伊斯兰式塔楼,色调以绿色为主,大门两侧还有两个对称的宣礼塔。我看到有人在里面做礼拜,此时正是穆斯林的封斋期。

我穿过街巷,各种各样的旧货凌乱地排在未铺油的宽广的街道上,街口标示着"旧货市场",这就是所谓的黑三角。黑三角是带有传奇色彩的,在青海经常听说在这里可以买到任何东西,但眼前的景象却让我失望,不过我仍然骑车往里走。街口停有各种各样的车,司机在等待买主雇用他们的车送货。里面的铺位并不拥挤，光顾的人也不多，一副冷冷清清的样子。我一直骑车走到尽头，最后再骑车离开。

我想像在德令哈时一样走遍所有的街巷，这似乎是我了解一座城市的一种仪式。我沿东西主干道柴达木路向西走，接着又沿南北主干道昆仑路向北走。这两条路两边都是高大的柳树，柳树下面是灌渠，渠水清浅如小溪，灌渠里有花草，骑车在其间慢慢行走很是惬意。这种水渠遍布全城，使这荒漠中出现淙淙水流，让格尔木变成河流密集的地方，真是别有风味。道路两旁的商铺一般都是两层左右，时不时遇到关着门的店铺，即便是在这样的主干道，人流量一样少得可怜。

我骑车进入昆仑公园，在一个广场上缓缓骑行，从这里可以看到南面莽莽的昆仑山。我从广场下去，这里就是柴达木路和江源路的交会处——昆仑广场，是格尔木的商业中心，行人明显多了起来，不过向四面稍微走远点就又变得冷冷清清，周围仍然是许多关门的店铺。

我又沿着昆仑路往南走，因为这条路夹道的柳树太迷人。后来又折入西面的中山路，这里几乎没有什么居民，只有一些冷冰冰的单位，我找不到前行的路了，我想问问路人，可是转了半天竟不见一人。

火车站就在南面，我顺便去火车站买到拉萨的票。我想乘坐一辆白天发出的车，那样可以看沿途的景色，可是只有兰州到拉萨的车是在白天经过，车是双号开，后天的车明天才能买票。我从火车站向北走，不远处就是我那朋友的住处。格尔木所有的路两边都有灌渠，渠水如山间的小溪，灌渠中都有高大的树木，可是人却非常少,总让人感觉这是一座空城。可能因为有灌渠,这里的尘土比西宁少了很多。

到了格尔木,我想去看看格尔木河。我骑着自行车很快就到了盐桥路,在盐桥路上我向一个回族老人问路,他告诉我在前面的路口向西转就到了。我骑车过去,转入白云路,不久就看见一座不大的桥,这让我有点失望,然而让我更加失望的是我所看到的格尔木河——河槽中流淌着一条浅浅的小河,市区的每条路上都有灌渠,我想可能河水都被分流了。我站在桥上,向南望去是莽莽的昆仑,向北则是无边的旷野。这里是格尔木的最西面,格尔木在河的东岸,西岸是一个村庄。

我想沿格尔木河往北,绕到朋友的学校去,却越走越远。我看到前面似乎要向东折,可是每次过去都发现需要继续向前。这里是新修的滨河路,路内侧似乎是一个村庄。想问路,人又很少,好不容易遇到一个农妇,她让我从原路返回。我想我已经骑到半途,与其返回还不如继续向北,还可以欣赏一下这里的生态,因为一个地方的原生态文化似乎都在乡村。事实上我对道路的判断是错误的,我一直向北,始终不见向东折回的道路,此时的我又热又饥又累,想往回返已经不可能了,我只能硬着头皮继续走下去。大约骑了半小时后我才来到一个三岔路口,向北是到敦煌的路,向西南是我走的滨河路,向东南是我必须走的盐桥路。

我只能沿盐桥路向东南走,在饥渴中我几乎是挣扎着向前。许久后,我终于又到了一个路口,从这里向东,路上遇到一个清

125

真寺，这是格尔木河西清真寺，这里的圆顶是绿色琉璃的。赶到昆仑广场时我实在骑不动了，就在附近买了一块新疆甜瓜，清甜可口，于饥渴的我更是美味。

今天的睡意来得很快，晚上十点多我打开电脑记录今天的事，记到中间就很瞌睡，昼伏夜出的作息习惯似乎有了调整过来的转机，这是我在进入西藏的前夜。我不想错过调节睡眠的机会，仿佛看到一条稍不留心就会惊跑的鱼。我关掉笔记本电脑赶忙睡下。

昨晚我第一次恢复正常人的作息，夜里我朦朦胧胧感觉自己醒来好几次，还好一直睡到了早上。晚上的梦又是一个片段，我隐约记得我在睡梦中似乎在格尔木训练。起来后我赶紧去火车站买票，步行不久就到了格尔木火车站，我顺利地买到了从兰州发的那辆车次，这次是硬座。我想着像在德令哈一样骑车同格尔木道别，可惜一直未能联系上我的那位朋友，没有自行车，我只好独自在大街上闲逛。

在水渠附近我闻到一股恶臭，循气味而去才发现是一匹死去的马，它的皮肉已经腐烂，周围有许多苍蝇，我在想它是怎么死的。

我在昆仑路上漫步，路两边的河渠中有形态独特的小路，我就在树林中慢慢前行，看到一些行人也在漫步，格尔木人大多都是这般悠闲。我正想着德令哈、格尔木为什么连个乞丐的踪影都没有，却突然发现街头有一个乞丐，他衣着破烂地坐在路旁，旁边是一个尼龙袋。他长得非常魁梧，却不知为什么要乞讨。我在远处给他拍了一张照片。晚上我沿着昆仑路下去的时候，居然又遇到他，这次他坐到了对面的台阶上行乞。

我到市郊的将军楼去参观，格尔木本就是因修筑青藏公路而设立的兵站，将军楼是"青藏公路之父"慕生忠将军的住所。这里正在改建为公园，门口是高大的天路纪念塔，里面花团锦簇，仿佛荒漠中的离岛。将军楼是二层灰砖小楼，前面有将军的雕塑，附近还有将军树。

我的嘴唇干燥起皮，手也在蜕皮，连头发都感觉干燥。朋友说，现在的天气还算好的，春天的时候风沙遮天蔽日，一觉醒来就会发现窗口堆满了沙尘，需要铲上几簸箕才能清理干净。德令哈没有这样的风沙，德令哈虽然地方小，可是树木都是天然的，周围还有村庄。在格尔木周围则几乎没有村庄，这让人感觉很突兀。我回到我朋友的住处写下了三首诗，之后我才出了门，我想在昆仑路上就那样慢悠悠地走下去。

行走在昆仑山的怀抱

我站在格尔木空旷的大街上遥望昆仑山,突然意识到自己是在昆仑山的脚下。昆仑山向来被认为是中华龙脉之祖,天帝的下都。昆仑山中有昆仑玉,还有西王母的瑶池,这些都很神奇。我决定到昆仑山中去走走。正好朋友要开着越野车到可可西里去办事,我可以搭他的便车。

天蒙蒙亮我就起床了,坐上朋友的越野车,我们到附近吃了牛肉面后才开始向可可西里进发。车刚开出格尔木,我就看到茫茫的戈壁滩,这里的戈壁滩上零星长着低矮的红柳。我在车上回望格尔木时才强烈地感觉到格尔木只是一片绿洲,它的周围是无边无际的茫茫沙漠。

山迎面而来,其雄浑让人一时说不出话。感觉自己在不断靠近昆仑山,内心不免有些激动。太阳渐渐升起,在这里显得特别大,而那边还有未落的月亮,真是日月同辉的奇景。

我们在昆仑山间的格尔木河谷前进。格尔木河发源于昆仑山水麓,分东、西两支。西支叫昆仑河,也叫奈金河,源于昆仑山中的冰川,也有人说是传说中的瑶池;东支叫舒尔干河,也叫曲水河，是格尔木河的正源。我们在纳赤台停车，"纳赤台"的藏语意思是"沼泽中的台地"，这里有闻名天下的昆仑泉。我们走近，只见泉眼的水正向上奔突，仿佛一朵莲花，旁边有一个水道流入前面的水池，然后再流入附近的昆仑河中。前面的玻璃罩中还有两条金色的龙，我对着龙默默祈祷。随行的朋友说，这泉水是天然的矿泉水，他用自带的矿泉水瓶装了一瓶，说要回去供在神像前。我也装了一瓶，喝一口感觉甘醇爽口，就一口气把一瓶水喝完了，接着又装了满满一瓶带在身边。我们一路上喝的就是昆仑泉的水。

　　在西王母庙前，我们停下，庙前写有巨大的"天人合一"。这是一个小庙，却非常重要。我们正要走进庙里，这时里面走出一个守庙的老人，无法想象在这样的地方还有人守庙。

　　我们的车继续在昆仑山间行驶，后来是连绵不断的雪山，我们看到了圣洁的玉珠峰。"玉珠峰"在蒙古语中称"可可赛极门峰"，意为"美丽而危险的少女"，相传为西王母的女儿玉珠公主的化身。因为这玉珠峰不是很陡峭，所以许多登山爱好者都是从爬玉珠峰开始登山练习的。

　　越过昆仑山，我们开始进入一望无际的可可西里，这里有星星点点的湖泊。这里的广大让我始料不及，以至于汽车奔驰了许久见到的还都是同样的景观。昆仑山北侧是浩瀚的柴达木盆地，南侧就是茫茫的可可西里，两种地形仿佛在相互呼应。

　　我们跟青藏铁路上的火车赛跑，朝着火车大喊。开火车的人似乎看到了，还特意向我们鸣笛致意，我们都很兴奋。在这一望无际的原野上，青藏铁路线也成为独特的风景，火车如长龙消失

129

在远方。车上有人说看到了成群的藏羚羊,我们赶紧停车下去拍照。果然,在青藏公路和铁路间的草地上有一群藏羚羊在悠闲地吃草。见我们停下,许多车也都停下来观看。有人跨过护栏下去拍照,他们打扰到藏羚羊的清静,那群藏羚羊一下子就跑远了。

我们在索南达杰自然保护站停留,这个保护站是为了纪念索南达杰而命名的。附近有一个大水泊,水泊中有美丽的鸟儿。我们继续在辽阔的原野上奔跑,无法想象这里已经是海拔四千米以上的高原。沿途还能看到野驴,还看到了几只小动物,好像缩小版的山羊一般。一个对这里很了解的人说他也不知道这种动物叫什么,但很常见。

我们越过五道梁,俗语有云:"过了五道梁,不见爷和娘。"事实上这里海拔并不是很高,但是高原反应据说却是最强烈的。随行的人说这里有瘴气,我问瘴气是什么,他们说水土中含有汞。我在这里开始有了高原反应,感觉胸口发闷,朋友告诉我千万不要跑跳。我开始是非常注意的,后来在楚玛尔河边,因为激动就跑下去,当时没有感觉,但上车后立刻感觉浑身酸软,过了好久才缓过来。

接着我们路过红色的火焰山,这是可可西里的山岭。事实上从大昆仑山脉来看,北支的祁漫塔格山延伸到阿尔金山,南支的可可西里山延伸到巴颜喀拉山,火焰山只是它们之间的过渡,翻过火焰山才算出了昆仑山。

我们在五道梁经过楚玛尔河,这是通天河的一条支流,支汊多如树枝。长江现在的正源被定为通天河上游的沱沱河。后来我们经过通天河,那里有长江源头碑。河水从遥远的苍茫天际而来，又消失在同样遥远的苍茫天际，河汊众多，一片浑黄，仿佛是在创世之初。中华的两条母亲河事实上都发源自青海，黄河在巴颜喀拉山，长江在唐古拉山，都在大昆仑余脉范围内。

我们就走到通天河大桥为止，朋友带我到附近吃饭。在那里施工的人说他们刚来这里时，因为氧气稀薄每天只能睡一小时，就那样抱着被子等天亮；有野兽像狼一样叫，乌鸦比鸡还大，让人毛骨悚然。我感觉食物不是很熟，随行的人说这已经非常好了，在这里饭是无法全熟的，只有用高压锅才能做到这种程度。我们原路返回，在昆仑山遇到一个到处都是白色石头的地方。我们停车下去，想着在这些白色石头里兴许可以捡到玉石，可是翻找了半天，也没找到一块。直到黄昏时分，我们才又踏上了返回格尔木的路途。

大昆仑伸出长江和黄河
两只手臂将我拥抱

　　我从西宁出发向西穿过青海湖、柴达木盆地，在德令哈和格尔木这两个地方停留。我在青海居住多年，却是首次到青海西去，高天就在厚土之上升起，我仿佛进入一个神秘的世界。我在昆仑山中行走，路过江河源头时，我感觉到天命的神秘。

　　我在西藏和新疆的路线大概是：我穿过藏北草原到藏传佛教圣地拉萨，在拉萨待十来天，接着从这里出发到藏文化的发源地之一山南市，从山南又到后藏日喀则。从西藏再次翻越昆仑，穿过柴达木到敦煌，在敦煌这个曾经的文化中心思考整个世界。从敦煌到乌鲁木齐，再从乌鲁木齐沿天山北面到博尔塔拉，又从博尔塔拉到北天山和南天山间的伊犁——伊犁是新疆在自然上最丰美的地方；从伊犁返回乌鲁木齐，再到喀什，从喀什返回途中在龟兹国故地库车停留，这里给我留的印象最深；最后从库车到吐鲁番，在那里看到交河和高昌故城，最后回到乌鲁木齐。至此，大西部行走的主体已经结束，我想我这一生都会怀想这次旅行。此次的遗憾是，在西藏没有到古格王国的故地阿里，也没有走新藏线；在新疆没有到楼兰古国的故地罗布泊，也没有走丝绸之路南线。我想将来我会再找机会去的。

我是踏着丝绸之路回去的。从乌鲁木齐经过吐鲁番到敦煌，再从敦煌穿过河西走廊到兰州，从兰州回到西宁，虽然我的环大西部旅行基本结束，不过行走的余韵还在散发。

前几天我再次穿越昆仑山，在昆仑山口闭目冥想，感觉长江和黄河就是昆仑伸出的两只手臂，将我们深情拥抱，将中华文明深情拥抱。

巍巍兮昆仑，壮哉昆仑游。

返回西宁

从兰州到西宁只需乘三小时的火车，历时近两月我终于要回到西宁了。这次从西宁出发，经过海西的德令哈和格尔木，越过昆仑山，向南到西藏，在拉萨、山南、日喀则游走，构成一个"西藏三角"；接着再次越过昆仑山，穿过柴达木盆地到敦煌，在敦煌盘桓数日，向北到新疆，在新疆北到博乐、伊犁、奎屯，南到喀什、库车、吐鲁番，乌鲁木齐—伊犁—喀什也构成一个三角。再经过河西走廊到兰州，从兰州回到西宁。

不过这不是结束，我接着计划到青海北的祁连山和青海南的江河源，这样游走后我觉得才算完整。我现在感觉青海兼有西藏、新疆的特征，它有西藏的大山、新疆的荒漠，有西藏的藏传佛教、新疆的伊斯兰教。在西宁待了这么久，我觉得我应当好好感受一下大青海所散发出的魅力。

我看着窗外的景观，尽管这里我已经路过无数次。甘肃是无草的黄土，可是进入青海后，两边就是壁立的大山，山上也绿起来。我们是沿着黄河的支流湟水往里走的，看着窗外的景致不断往后退去，我在内心向过去道别，对未来充满了希冀。

我当天急于赶回西宁,是因为一个叫朵咪的女子的出现。她说那天是个特别的日子,对她非常重要,非要我那天回去不可。我是在新疆博乐的一个晚上,收到一条陌生人发来的短信,发信人就是突然闯入我生命的古灵精怪的朵咪,她说冰雪聪明的她是经过许多曲折才得到我的电话号码的。

在交谈中我知道,她现在在我曾经读书的大学读中文系三年级。她是一个壮族女孩,来自广西,名字"朵咪"在壮语中是"猫"的意思。电话中我感觉她对我似乎充满了好感,我开始以为她是看到我的《巴别塔尖》,被我的才情所迷倒,后来才发现她根本不知道我是谁,她竟然是从完全不同的途径知道我的,而且也不是出于崇拜,只是出于好奇的心态。在到博乐前一晚我梦到一只跟宇宙危机有关的猫,现在这只朵咪猫却真的出现,这让我感到奇怪。她说的话都那么刁钻古怪,在她之前,我还从来没有见过这么可爱的女生。

这次的意外是,我去寻找藏区的措毛不得见,去寻找新疆的琳妃不得见,却有一个素未谋面的朵咪在青海等待。要不是她催促有个特别的日子,我还要继续行走的,这次一路都太匆忙了。我开始憧憬着她的样子;她说好到火车站来接我的。

到达西宁站,走下火车,那种浓重的冷让我想起第一次到西宁时的情景。我戴着那顶在西藏时的帽子,包中背着从新疆带回的纱巾,走出站台。我给朵咪打电话,她却还没有出发,真是让人哭笑不得。她让我一定等她。我在车站前的广场上等了半个多小时,她才到。她是一个可爱的女孩,让人感觉古灵精怪的。我让她帮我提上沉甸甸的笔记本电脑,我们一起回到我的北园村住处。一起出去吃晚饭的时候，我实在忍不住，追问她今天是什么特别的日子，她竟然轻巧地跟我说是我们第一次相见的日子，把我气得够呛。

朵咪的出现是我生活的一个大变故，当然此时我还无法想象她将陪伴我多久。我本来是要寻找措毛、琳妃的，可是我没有见到她们，却返回来见到了这个女孩，仿佛是冥冥中注定的缘分。她是那样特别，每个人总有一些天真的性格，她却是这些天真的集合。她每天拿着菜单在我那里试验各种菜，总是想一些神秘的事，后来我真的是怕了她的神秘，因为她对我的诅咒似乎总会应验。跟她的趣事真是说不完，在此就不再提了。

在西宁住了半个月，这半个月我仍然没有考虑今后的打算，我仍然沉浸在大西部行走的余韵中。我还计划着青海北和青海南的旅行，那样才算完成我的西部行。后来想到冬天要来了，又计划着象征性地去西宁北面的大通和南面的湟中，但由于二弟要结婚，计划暂时被打断了。

我日益感觉在西藏和新疆间的青海有二者共同的特点。我在西宁的大街小巷游走，从前最常去的是北山和南山，北山是道观，南山是佛寺。最先让我有变化感的是南川河，那段也叫麒麟湾，我再次经过时那里曾经热闹的沿河东岸的茶园都已被拆掉了，沿河西岸的儿童公园也在改建为开放式公园，听说要改回原来的名字麒麟园。我到北山下，那里同样发生了变化，北山下的楼正被拆除，我常去的一家小饭馆也荡然无存。我才离开两个月，许多地方就已经不再是原来的样子，真是物是人非，有种不可言状的伤感。

  关于我在寻找的自由,这次是我长大以来唯一一次自我的选择——去职远游。可是我现在真的自由吗?我跟朋友谈论自由,我们争辩许久,最后发现其实那个东西根本不存在。所谓任何事都要:法天贵真。我们一直在寻找的或许并不存在,再没有比这更让人落寞的。

东部三角：西安—榆社—荆门

我本来要在西宁再待上两个月左右，走完青海南、青海北，后来因为二弟的婚礼，只得先赶回老家。其实要走完丝绸之路，得到西安甚或洛阳才算结束。于是我在西宁待了两周后就先经过西安往回赶，在西安住了一天，再次游走在西安城墙边。我经过西安不下二十次，每次都要绕着城墙走一圈。

在欧亚大陆上，东有长安，西有罗马，分别是丝绸之路的东西起点，加上开罗、雅典，并称"世界四大古都"。西安是我国最古老的故都，从周朝的镐京开始，一直到宋朝才彻底把首都东迁到开封，这里总共是大小十三个王朝的首都：西周、秦、西汉、新莽、东汉、西晋、前赵、前秦、后秦、西魏、北周、隋、唐。

西安确实是帝王之地，所谓"金城千里，天府之国"。八百里秦川，四方各有关口：西有散关，东有函谷关，南有武关，北有萧关，所以这一带被称为关中。关中有八景：华岳仙掌、骊山晚照、灞桥风雪、曲江流饮、雁塔晨钟、咸阳古渡、草堂烟雾、太白积雪。

唐朝皇城的外郭和宫城都已经不存在了，现在的西安城墙是明朝在唐朝皇城的基础上修建的，西安城墙也是我国现存最完整的古城墙之一。城墙的正南门是永宁门，正西门是安定门，正北门是安远门，正东门是长乐门。南面有七个城门：含光门、勿幕门、朱雀门、永宁门、文昌门、和平门、建国门。西面有两个门：安定门、玉祥门。北面有六个门：尚武门、安远门、尚德门、解放门、尚俭门、尚勤门。东面有三个门：长乐门、中山门、朝阳门。正门都有闸楼、箭楼、正楼，四角有角楼。我再次围绕城墙行走，回想我的大西部行走。

我从西安赶回山西老家榆社，家人相见，都很欢喜。我一直认为人只有离开一个地方才能理解这个地方，这几年我一直在记的《梦魇》，绝大部分场景仍然在故乡，我也在慢慢体味我身上浸染的故乡气息。家人们都以为我是去旅游了，我跟他们说是游历，但在他们看来旅游和游历并无任何区别。可是辞职旅游，这让家人无法接受，我就跟他们说是去写作。为了避开家人的责问，我和妹妹到小时候住的老四合院去走了走，一起回忆童年往事，之后又去了一趟我们家的桃园，也是我小时候整天待的地方。我还去了小时候常去的姥爷家红崖村，他老人家早已不在，我的童年有一半是在这里跟他度过的，他去世时我却不在他身边，想起来就止不住落泪。我去爷爷的老家千峪村，那里我虽然去得不多，可是有种天然的亲近感。我们家的祠堂原来在那里，现在整个村子的人几乎都姓曹。我有着强烈的家族情怀，看我笔名中保留的曹字就知道了。

二弟结婚了，算是我们家第一个孩子结婚。人们都问我何时结婚，我说再等几年。那天非常热闹，我素来很少在家待，许多故乡的人情世故都不太懂，感觉自己是个无关的局外人。我深深感到自己已经不属于这里，这里就是永远回不去的故乡。

回家见到小时常在一起的伙伴彦鹏——在这里我必须提到他——因为后来发生了很多事，他让我的生活发生了转折性的改变。我在日记中还记道，我正在老四合院时，三弟发短信叫我回去，说彦鹏在等我。我们见面谈金融危机，故乡号称亚洲最大的化工厂因此倒闭，彦鹏被裁员，他准备到常州去，那里他有同学在化工厂工作，他在大学是学生物工程的。

二弟的婚礼结束后，我准备先返回西宁，然后再作打算。这时我的大学朋友伊明打来电话邀请我到湖北去玩，然后一起回西宁。我想正好还没有去过湖北，于是在榆社待了半个月后就向湖北进发。从榆社到太原，又从太原经过洛阳去武汉，再从武汉到荆门。

路上我居然巧遇湖北的女画家阿兰。故事很传奇，她本身也是个传奇。我从太原坐车，对面坐着两个中年女人，我们一路没有说话。我一觉醒来已到河南，就跟她们聊起来。阿兰是到山西太谷探望一个《老子》研究者，这个研究者老先生是个奇人，他写的有关《老子》的研究专著不传给其他人，唯独要传给这个素未谋面的阿兰。这次老先生病危，阿兰第一次去山西探望他，之前他们一直通过书信联系。老先生病情暂时稳定，她和同伴今天返回。她说自己在十年前突然会说一种奇怪的语言，她也不知道是什么语言，之前媒体报道过类似的事，专家从中辨别出多种语言的音素，就是无法破解。她还跟我说了几句，我感觉非常蹊跷。她还给我写了一些奇怪的文字,我感觉很像我在新疆见到的中亚的吐火罗文或粟特文,于是我将那页纸保存下来。

到武汉,跟阿兰她们道别,我接着向西到荆门,沿途都是一马平川、河湖密布的江汉平原,有许多我不认识的南方树种,这些都让我兴奋。我在心里跟故乡对比:那里是北方,这里是南方。

到荆门,伊明来接我,他在那里做导游,这几天正好可以免费为我导游。荆门南面不远就是荆州,我记起阿若在那里,就打电话让阿若来,她果真在次日傍晚赶来。我为阿若改名为奈若,我们几个一起出去游玩。荆门为荆州门户,环城皆水,仿佛护城河一般。

我们到了东山,山上有宝塔,北面就是因之命名的东宝区,南面则是掇刀区。西面是龙泉公园,里面名胜众多,有龙、惠、蒙、顺四大泉,湖水如碧玉。龙泉所在地为象山,山下有陆九渊纪念馆,这里曾经是陆王学派的开创者陆九渊讲学的地方。陆九渊的江西老家也有个象山,他在那里聚徒讲学,被称为"象山先生",来荆门做官时又在这里讲学,所以门联是"江西湖北两象山,学者知军一贤哲"。象山上有老莱子山庄,那是一座仿汉代风格的建筑,还有二十四孝蜡像馆。

我们还去了东山下的白云观和西面山上的唐安古寺。我吃到了荸荠、莲藕、栗子、甘蔗、柑橘等南方的特产。我还喜欢在拱桥上看人杀鱼,这里的鱼太多了。

转眼一周过去,伊明因为有事无法返回西宁。他邀请我过来一起投资做点生意,他在这里有人脉。我也正在想游历后的人生安排，跟他说回去考虑一下，想好了就过来。从前在学校我和西屠成立北寒带诗歌沙龙，成员除我们二人外就一直只有伊明。

我先送走奈若。因为今后再会很难，我们都很伤感。我独自乘车到西安，在西安待的半天全部在古城内游走。我从西安赶回西宁，朵咪居然又没有接到我，并且还让我等她送钥匙过去。这样我就又走了一个三角：西安—榆社—荆门，这是东部的，跟我的西部行走青海—西藏—新疆正好呼应。在路上我已经打算到湖北跟伊明一起做生意，我要赶紧处理完西宁的事。

道别西宁

这次返回西宁，我一面回味着我的大西部行走，一面准备离开西宁去湖北做生意。我当时是准备离开西宁不再回来的，于是我将单位的医保、养老、档案都办好了转移，将住处的东西也都处理好，把需要带走的东西共六百斤——主要是书，全都托运回家。

我在西行途中共写游记二十万字、拍照片五千张、作诗歌百余首，我都分门别类存放。在整理照片时，发现伊犁的照片居然丢失了，我伤心了好几天，那里可是属于我此行中非常精彩的部分之一。

我回来时带着西藏毡帽、新疆薰衣草香水、土耳其头巾，藏帽带回家，薰衣草香水送给朵咪一瓶，我自己带回一瓶。还有一大堆票——我每到一地就把我的车票和当地景区的门票都保存下来。跟我一起走完西藏、新疆的是我的牛仔裤、黑色大衣、笔记本电脑，它们跟随我进藏佛寺、清真寺，进古城出老巷，总之是我去哪里它们去哪里。那条牛仔裤居然两个月未洗，回来时已经非常脏。洗过后由于要返回西宁，我还是继续穿上了它。我的黑色大衣也是,今年冬天我还要继续穿着它。笔记本电脑也是,虽然是已经很破旧的笔记本,本计划换掉的,由于生意出问题也延缓了,现在仍然每日陪伴我。

我持续两年的昼伏夜出的作息,本来在旅行途中已经纠正过来,现在却又功亏一篑。夜似乎在吸引我,入睡时间一天天推迟,每况愈下。很多系统都是这样不断瓦解的。《梦魇》也仍然在记录,像日记一样陪伴我。

我怎样道别西宁呢?我和西屠一起去找过诗人马非,谈了谈今后的打算。正好衣郎来西宁补请婚礼席,因为结婚时许多人代礼,我那时在家中参加二弟的婚礼,这次也补上了礼。席间见到西宁文坛的师友们宋长玥、郭建强、葛建中、李晓伟,大概谈了一下我的旅行。单位的忘年交余浩先生还专门约了我在报社要好的同事张平和张妍一起为我饯行,让我非常感动。这就算是道别了。

有一件非常戏剧性的事——我本来跟措毛已经失去联系,可是在我离开前的一天晚上突然接到她的电话,她在大十字那边的发现酒吧,我就赶了过去。她是一个时尚而文静的女孩,和一个藏族女伴在一起。她们喜欢开玩笑,像《格萨尔》中的女子一般。我与琳妃也联系上了。可是我要走了,措毛和琳妃是要忘记的。我同样要道别的还有我凌乱的生活。

我当然在怀念西藏、新疆,真是恍如隔世。我还给我在西藏拉萨住的雅喜宾馆吧台的女孩宗吉和在新疆库车街头邂逅的玉赛音·伊明阿吉寄了书,也算是种怀想。我在西宁的老巷子中游走,这里的确是兼有西藏和新疆二者的特征,江河源头有如西藏的高原草场，柴达木盆地有如新疆的浩瀚荒漠。

西屠有一天深夜突然给我打电话，叫我去半打啤酒馆，要为我饯行。我赶过去，他一个人在那里。他已经喝了许多酒，现在把仅有的钱又买了酒。酒馆已经没什么客人了，只有我们还在那里对饮。酒酣时他跟我说，我是他的知己。他几乎要落泪，我也心中酸楚。他说这话只今日说，也许以后再不会说。我们又臧否一番诗坛而散，此时已经是半夜，他提着剩下的酒回去。

朵咪太特别，我从来没有见过这样的女孩。从前我在西宁六年没有遇到她，如今我要离开却遇到她，不过我仍然要走，我这个人就是一切按照自己的意志行事，决定了就要去实行。她经常宣布要分手，并且通知周围所有的人，可是始终没有与我分手，这样的事情发生了无数次。走前的晚上她跟我分手，想到离别，我非常伤感。晚上没有关门，次日早上，我正在睡，梦中感到有手摸我，猛然睁眼看到一个黑影，吓得我又叫又踢。我还以为是鬼，从小我就怕鬼，冷静后才发现是她，差点把我吓死。她将她最喜欢的一个布娃娃——乌贼小怪让我带着，想她的时候就看小怪。后来我在返回西宁时又把小怪给她带回来了。

冬天就要到了，天气变得寒肃，我想是该离开了。这次如此匆忙，如人生一般。我一面跟伊明联系，一面跟三弟联系，我要跟三弟一起过去，我强烈地想振兴家业，我们曹家本为晋商一支。这次我在西宁又待了二十日，然后才踏上东去的火车。

离开西宁的时候，我写下了《亚欧大陆别赋》：

我们站在亚欧大陆的中心

送别的宴席很长

离别何须伤感

我们都在亚欧大陆上

我将离开亚欧大陆的中心

你望着我离去

离别何须伤感

我们都在亚欧大陆上

我们中间相隔万里

你在长长思念我

离别何须伤感

我们都在亚欧大陆上

我看着窗外快速移动的山。啊,我的第二故乡,我跟西宁默默地说:西部安宁!

丝路之旅结束

严格地说，我踏着丝绸之路到达西安，才算完成我的西部行。我从西宁坐上火车，一路无事，晚上抵达西安。西安这座古城，我已经有二十多次停留，环城的护城河未曾改变，我每次都是沿着护城河和城墙间的环城公园行走。环城一圈约十二公里，十二这个数字是天数。我就喜欢这样方正的城，这简朴、雄浑、对称的存在，上升为形而上，刻入我的骨髓，我的审美的范式都从其中生长，我是真想待在这样的一座城中。这次到西安是在晚上，我在月光下看着这座大城，这次不准备停留。

我坐大巴，经过一晚从西安到太原，在太原跟三弟会合，兄弟相聚，自然欢喜。在太原，萧泊零羽请我吃饭。上次经过萧泊零羽的家乡驻马店时我还写了一首《驻马店》，这个名字仿佛昭示其为一个路口。天黑停留，天亮出发。下午我和三弟一起回家，在家待一周，接着又马不停蹄赶到荆门。

从西行途中到榆社、荆门，我写下了《亚欧大陆大阴阳图》50首，也是种完满。我后来又在荆门写了《亚欧大陆地》12首，这个系列从此不再写。

我在榆社时写诗数首，最近我常常在想鬼的生活。其中《东西马》是有预示性的，跟我未来半年的遭遇有关，"他们自绝于马的故乡"。东马、西马是故乡的两个村庄。西马为乡政府所在地，这里就是我的故乡所在；东马有东马火车站，是我们要离开或回来的站台。不知怎么，半年后和我从小一起长大的伙伴彦鹏居然从我那里千里迢迢返回这里自杀，任何人都不知道原因，最关键是把我牵涉了进去。

在荆门我同样写诗数首，《荆门绝》宣告着这次旅行彻底结束。这同样是一首具有预示性的诗，跟我后面的经历相关。现在将《东西马》和《荆门绝》引录在此：

东西马

我们从东马离去

我们从西马回家

两匹马永不相会

两匹马在河两岸相思

东马向西

西马向东

两匹马隔河相望

东马向北远去

西马向南远去

他们对这个世界已经绝望

他们自绝于马的故乡

(2008年11月17日于榆社)

荆门绝

我最后一次在红色的门外道别

门的中央白水泛滥

我只是在白水中红色的船上

我是应当坐船还是架桥过去?

我站在桥上又转入船中

最后我仍然从桥上过

我从前都是在走旱路

我在河的左岸看着右岸的你

从此红色的门只是我的梦

我一直后退到看不见那红色的门

(2008年12月31日于荆门)

从西宁到西安,我已经结束我的丝路之旅。接着从西安回榆社,从榆社到荆门,又是一个大三角形。榆社已经沉浸在冬天的萧条中,荆门却仍然是一片葱茏。我和三弟沿途都很高兴。我对比着榆社和荆门、北方和南方,陷入对另外一种梦想的狂热。我跟朋友们说我现在在大隐,古人云"小隐隐于山,大隐隐于市",我现在是隐于市,不过我的写作并未停止,因为写作的本质是表达。我们每个人都在这个世界中生活,如意不如意,开心不开心,都需要我们去表达,我认为这是正常生活必不可少的一部分。

环大西部行走的意义

环大西部行走结束,我开始在其外部思考我行走的意义。只有离开一个地方才可以观照那个地方,我在寻找生活的变化,我在寻找自由的选择。从小到大都是别人安排我的生活,我这次终于做到自我选择,并且我要继续寻找我的道路。如今我要经商,我跟朋友们说:"古代男儿在战场,如今男儿在商场。"这并不影响我写作,事实上我一直都未停止,每个人生来都是为生活而奋斗的,写作永远都是种表达,不应当是专业,所以我无法理解有"归来的诗人"这样的事,除非他是被禁止捉笔。

我们平日像蚂蚁一样被分工,牢牢束缚在土地上,我们完全可以更加自由地选择。我们这一生是来干什么的?死后可是万事皆空,到咽气时就来不及了。我们现在就是要去干自己的事。每个人都有自己内心渴求的事、唯一适合自己脾性的事,那么就去干那件事,坚定地干,这样对自己、对那件事都是最好的。

我一直试图在诗文中构筑一个自由精神的典范——亚欧大陆地,这个大地曾经是真正的文明的摇篮,从美索不达米亚,向东到波斯、印度、中国,向西到埃及、希腊。我这次行走的意义所在，就是去亚欧大陆地的中心触摸，从西藏、新疆间的青海出发，翻越昆仑，南到西藏，北到新疆，抵达帕米尔脚下，再沿丝绸之路归来。当人的脚踏过那些地方，就是从欲望到语言，从思想到行动，从想象到感觉，那种状态就是梦想实现的感觉。我编的诗集《大西部之歌：帕米尔之火》的序言是《亚欧大陆地大阴阳图：擎着巨火从青海出发左挑西藏右挑新疆踏着昆仑向帕米尔》，从题目就可见我的追求。

这就是我在完成大西部游历后的所想，后来我经常回想，发现自己渐渐走向了反面，不过这是后话。

大隐生活：荆门

我在去年底从榆社赶到荆门，这次带着三弟一起过去。我和伊明想着在那里开个饭店，再徐图其他。冬天的北方已经一片萧条，这里却依然葱茏。我每日一面写作一面比较着南方和北方，就像我一路对比着西藏和新疆一般。

我时常绕着荆门环城河行走，北方的水很少，并且浑浊，这里却是河网密布，水碧如玉。北方的山都是萧索的，南方的山是柔媚的。北方多的是牛羊，这里多的却是鱼虾。北方多的是杨树，这里却四处是竹子。北方多亭台，这里多楼观，可能是雾大，需登高远眺。这样的对比太多。我时常一个人坐在龙泉边的湖心小岛上，周围都是茂密的竹林，我就在这竹林居中冥想许多人和事。

荆门在东山（今称东宝山）和象山之间，东山上有宝塔，象山下有祠堂。这山就像两扇门，因为荆门的南面就是古荆州，此处是通往荆州的门户，所谓"楚塞三湘接，荆门九派通"。两山的南端就是狭窄的虎牙关，是兵家必争之地，荆门在历史上最初的建制就是荆门军。虎牙关间有天鹅湖，我时常去湖边漫步。荆门市区有两区，北面就是东宝区，南面是掇刀区，相传为关羽掇刀处。

东山的宝塔是隋代建的，塔上书"长林头角"，隋代荆门名长林，现在东宝区因此塔而得名。东山西麓的林间是森森的公墓，我时常花数小时穿越其中。山下还有一个道观名白云观，白云观中的白云楼很高。

荆门西面的象山，因陆王学派创始人陆九渊在此地讲学而闻名，陆九渊就是在荆门知军任上去世的。我曾戏作：山西湖北两漳河，诗人商人一个人。因为这里也有一条河名叫漳河，跟榆社的漳河同名。对面的小山上是唐安古寺，台阶很陡很长，大殿中的药师佛、释迦牟尼佛、弥勒佛佛像非常高大。

在南绕城河北岸有魁星阁，一个八角形的阁内供奉着魁星。我还常到寂静的博物馆去。荆门的南面就是楚国郢都所在，有楚国女尸和郭店楚简。那里有许多楚墓出土的器皿、兵器、礼器，还有种奇特的镇墓兽。

我就这样一面悠游，一面等伊明的项目。因为已近年关，便想着年后再说。我们在荆门过的年。过年后伊明看好一家店铺，我们想着盘过来，开始接手经营。

大自在生活：榆社

我时常回想我的故乡榆社，那里是我长大的地方。据记载这里本是炎帝榆罔的领地，春秋时榆罔的后人所建的榆州国为曲沃国所灭，但其宗社仍然在，所以在隋代时正式名为榆社。据说这里还是商纣王的诤臣、叔父箕子的封地，现在县城名为箕城镇。榆社在历史上有生于廉村的赵国名将廉颇，有生于社城镇的后赵开国皇帝石勒。现在箕城北有赵王村，村中有一巨冢，为矾水所灌，村民多次挖掘不开。这就是榆社。

这里是在太行山间，是漳河的北源，漳河像手掌一样压在太行山上，榆社的乡镇就分布在那些河谷中。人们习惯以箕城镇为中心，称呼四方为北川、西川、东川，南川似乎不怎么叫，因为那里是下游开阔处。北川正北为社城镇，这里在古代是县城所在地，石勒的故乡。我姥爷家就在社城的一个村子，我小时候的多半时光在那里度过。北川西为西马乡，东为北寨乡，我家在西马，我老家在北寨，我爷爷那辈迁过来的，榆社曹姓主要分布在县城和北川。西川就是云竹河谷，那是漳河在榆社最大支流，河上有一个巨大的水库——云竹湖。云竹本来叫云簇，后来简化为云竹,想来从前是云深不知处。在我印象中,那里的人性情"野",动不动就用拳头去解决问题。他们口音也跟我们不同,正宗的榆社话是北川、箕城及箕城南河谷地带的方言。我们中学下面就是东川河,我每天都要去河边游走。东川河比较浅。以前的东汇乡已并入箕城。

漳河源头在社城北面的深山,到社城时河谷开阔起来,从这里到箕城有肥沃的河谷地,山到了箕城北郊的峡口就收聚。河水从两山间的峡谷流出,这里有一座大桥连接两岸,从前叫秀英桥,据说是一个叫秀英的地主家女儿修的木桥,现在早已被钢筋混凝土的桥取代了。从旁边的峡口村之名就可以知道此地的特点。金圣叹向南逃难时就在峡口村留宿过一晚,还写了一首诗。峡口的南面就是县城箕城镇,东汇河从东流入漳河,箕城就在漳河东岸、东汇河南北。

我们曹姓的总祠堂本在箕城,可惜毁于日本人侵占时期。榆社曹氏本来是明朝时从太原迁来的,跟太谷的曹氏祖先本为兄弟,前不久还重修过家谱。

箕城东面的山上有一座康熙年间建的文峰塔,这是榆社的标志性建筑,现在塔口已封。据说在端午抚摸塔顶的宝葫芦可以长命百岁,所以每年端午都有人攀爬,每三年就摔死一个人。我们小时候去时,塔周都是坟堆。本来塔内是有旋梯的,在日占时期改为炮楼,旋梯坍塌,所以攀爬非常危险,后来政府就封了。在城西数里庙岭山中有唐代的石窟,那岭就是因为有庙而得名的。我专门走了很远的路程进山里去看了看,现在岭上仍存一座灵塔,山腰有个寺庙,庙旁石窟内的雕塑已被盗。

我要介绍一下北川的西马和东马：在漳河两岸有两个村，西为西马，西马乡政府所在地；东为东马，东马火车站所在地。我们家在西马附近的山晕，我们每次离开或回来就从东马站上下车。据说因为秦琼的马陷入河中，他就叫东村为东马、西村为西马。这是一对我非常喜欢的名字，集聚了归来和离别，我将会把它们写进我的诗歌里。

西宁，西部安宁

我绕了一大圈，还是返回西宁，真是不可思议。那天朵咪去接我，她还不知道我在外面发生的事，显得异常兴奋。她认为这是她的守护神在成全她，让我回到她身边，而我此时却是一副失魂落魄的样子。

我们到城东开发区九眼泉下的一个城中村去租了房。这里已经拆迁了一半，拆去房屋的地方荒草茂盛，我突然对这里产生了莫名的亲近感，我觉得我就应该住在这里，忘掉世事。我们走进一个院子，院子中央是花池，有一个念佛的老人，我们要租他的房。他起初不想租，后来感觉我们跟其他人不同，才答应将家里的客房租给我们。他带我们去看了他家的客房，他家一楼自己住，二楼是用来出租的客房。二楼阳台异常宽，我立刻决定在这里住下来。才离开半年，我如今又回到了西宁。

西宁，这座城市的名字体现了人们渴望安宁的愿望。"西宁"之名的由来可以追溯到最初宋代设立的西宁州。西汉时霍去病于此设立西平亭；十六国时期，这里成了南凉的国都。直到如今，当年的点将台虎台还仍然矗立在这座城市中。再后来西宁还做过吐蕃瓦解后的唃厮啰政权的都城,那时叫青唐城,藏语中意为"饮马川"。在清末到民国年间,西宁被马家军阀统治,现在西宁还有马步芳公馆"馨庐"。

西宁是连接青藏高原和中东部的一座城市,处在唐蕃古道的必经之路上。西宁还是南丝绸之路的一个必经之地,宋代时河西走廊不通,于是转到南面的湟水谷地,这就是南丝绸之路。所以我从西宁出发向西藏、新疆,正是分别沿着唐蕃古道和丝绸之路的路线行走。

在古代,每个城有城隍爷,每个村有土地公。城隍就是那个城市的守护神,西宁的城隍是西汉的护羌校尉邓训,他使居住在这里的西羌人从野蛮走向开化,后人因此以他为保护神。西宁城中有城隍庙,土楼观有邓训的祠堂。

西宁有古八景:石峡清风、金蛾晓日、文峰耸翠、凤台留云、龙池夜月、湟流春涨、五峰飞瀑、北山烟雨。古人很讲究圆满,八就是一个圆满的数字,这是我们中国人内心深处的审美。遗憾的是,如今西宁的古八景大多已经消逝,我认为那些才是真正的西宁韵味。

石峡清风,就是西宁东面峡口的清风,现在西宁与平安间的湟水上修复了一座廊式木桥,在那里可以感受清风拂面的惬意。金蛾晓日在西宁北的大通回族土族自治县,县城里的老爷山也叫金蛾山,在此处观日出可比泰山。文峰耸翠在南山上,那里曾经建有一座文峰碑,后来被炸掉了,现在又在重修。凤台留云也在南山上,现在修有来凤亭,这是南凉定都时传说中的天象。龙池夜月在西宁西郊的一个村子,那里有个泉眼名龙泉,现在那里建了庙。湟流春涨则是指整个湟水河,我猜这一古景也许指的是南川河那段麒麟河的春涨。五峰飞瀑在西宁附近的互助土族自治县,现在属于海东地区,过去的西宁府还包括海东,五峰山形似五指,那里有三眼泉。北山烟雨在北禅寺,我曾经在雨中多次登北山,那忧郁的美让人无以言表。

西宁在湟水的三条支流交汇处。西川河是湟水正源,从青海湖畔的海晏县起源,经过西宁西面属县湟源而来;北川河从北面属县大通来;南川河从南面属县湟中来。西宁市区很对称,沿西川河的是城西区,沿北川河的是城北区,沿南川河的是城南新区,东面是城东区,中间是城中区。湟源县有丹噶尔古城。为纪念我西行一年,9月1日我还专门跟朵咪去了一趟古城。湟中县有塔尔寺,这是藏传佛教六大寺庙之一,藏传佛教中格鲁派开创人宗喀巴的故乡。西宁市区的北山上有土楼观,山腰有曹魏时期的九窟十八洞,山顶有宁寿塔,都是我经常去的地方。南山上的名胜很多,山下是南禅寺和法幢寺,山上现在修成南山公园,是文峰耸翠、凤台留云的旧址。

西宁是真正诸文化会聚处,有藏传佛教的塔尔寺、伊斯兰教的东关清真大寺、道教的北禅寺。我已经在西宁待了整整六年,这里成了我名副其实的第二故乡。半年前我决定离开西宁,可是如今却又重新返回。这一年经历太多变故,我要在这里重新思考人生。

小隐生活：西宁

我住在西宁东面九眼泉下的一个城中村。这里将被拆除建开发区，已经有一多半的人家搬走了，许多地方只剩下一处处的断壁残垣，无人住的地方荒草有丈许高，逐渐成了一个荒村。我时常在傍晚骑车在村间的小路慢慢穿过，我喜欢这样的荒凉，正适合我的心境。我住在这里，除了朵咪来做饭，很少有访客，人生就是这样世态炎凉，其间只有西屠和永昌来访，人在落魄时才更能看出谁是自己真正的朋友。

如我前面所说，这次我从西宁出发，到西藏、新疆行走，接着离开它，受挫后返回西宁修身，深刻反思自己的人生。如今我整日研读古文、英文书籍，经过一段时间的刻苦读书，我惊讶地发现我似乎对文字有种天然的领会力。我在语言中深入领会东方和西方的文化，我准备做的是合璧东西、融合古今、天人合一，将理想和经验相合，去追寻我这一生最大的表象。在人学中，人类最先进入抒情的诗歌时代，接着到叙事的小说时代，现在到画面的影视时代。文字本来就是从象形开始的，后来才由象到音。我认为文字的出现应该是一种迫不得已，如今时代日益显现出影像的力量，人类对世界的表征日益清晰，我自己也正准备从诗歌走向小说再走向剧本。这段时间我平日就是读书、思考、写作，有时在九眼泉下散步。

我的房东是虔诚的佛教徒，他家中堂设有佛堂，他整日敲木鱼念经文，佛珠不离手，家中常年香火不断，昼夜灯烛不灭。庭院中间供奉一块圆润的山形大石，上面镌刻各种各样的符箓，是老房东的祖父在1949年所立。据说他本来是一个不识字的人，却亲自锻造出那样的奇石，我看后深受启发，写长诗《昆仑大石昭示亚欧大陆地》以抒胸臆。庭院深陷，下面四角种树，正前方是一株常青的松树，每天早上都有鸟在上面叽叽喳喳，仿佛在议论什么，我总要在那时睁开眼睛。院子里有个大油桶改造的水池，里面泡有骨头，里面的水是专门用来浇花的。院子里摆满盆栽。这里仿佛是世外桃源。

老房东非常有趣，他整日手上挂着佛珠在院中走来走去，口中诵着佛经。在他宽大的走廊上有张桌子，上面除了算盘，还有罗盘、影印古书、手抄符咒等。他是个非常善良的人，我缺什么的时候，只要他有，有借必应。他整日都在院子里走来走去，晚上有丝毫的声响就立刻打亮手电筒照看，一到十点就把大门锁上。他叮嘱我将自行车搬上楼，他跟我讲他的东西是怎么神秘丢失的，现在他儿子的车停在门洞他更加小心。他曾经神秘兮兮地给我看了本《天元会要》，他说这本书市面上没有，是他专门从别人那里复印的；我翻开看，是本堪舆书，里面讲风水，还附有神秘插图。我想应当是本道教的书，《道藏》中应当有。我说要去网上搜一下,他立刻又变得不自在,我知道他怕我查到后就显得不再那么神秘。我后来搜索,网上无一字的介绍,我告诉他后,他又喜形于色。前不久,他离家几日,回来后我问他去哪了,他得意地说去给人挑坟地。

我自己的生活是这样的,曾经多次要改变昼伏夜出的生活而未果,现在仍然是昼伏夜出的作息。近黎明才睡,然后睡到中午,中午醒来就边听英语广播,边查阅当天的国际新闻和网上的奇闻怪事,接着就读书,读古文和英语的一些资料。我要通达中西文化,这样才能去综合一种大文化,我的大诗主义也是着眼于此的。

朵咪每天来给我做饭,每天都在试验新菜,做出许多不可思议的菜,不过异常可口。通常傍晚我们会一起骑车去买菜,接着回来做饭,晚上我再用自行车把她送回。朵咪的出现也是我无法预想的,人生中许多人事竟是如此这般奇妙。她老家在南方的广西,我老家在北方的山西,我们有许多正好相反的习惯,为此我们常常争吵。她跟我分手无数次,每次都兴师动众地通知我的朋友,可是很快就会和好如初。她总是觉得有保护神在保护着她——她奶奶告诉她的——许多事都如她所愿,这让我将信将疑。

从前我一直都在一种相对封闭的环境中生活,从小在学校那个象牙塔长大,后来又在跟外界接触很少的报社出版部上班,去年我在人生中第一次自我选择——去职远游,回来后本想奋斗一番,可是还没等我正式开始就遇到那样一件突然的事。那段时间我几乎要崩溃，每天都在做噩梦。我还常常想起彦鹏，想到从小一起玩到大的伙伴就这样突然永远从这个世界消失了，让我倍感人生的脆弱。这一年我似乎顿悟了很多人和事，也明白了只需要了解每个人的需要就可以了解全部。我们的理想固然是美好的，不过理想就是理想，那也许是将来的事，如今一切都那样实实在在。或许我不遇到这样的挫折，就永远无法明白人生。

西行纪念

去年8月25日是我的辞职日，今年的8月25日我选择在雨中去北禅寺，我和朵咪冒雨到山下。在报社上班时我就住在附近，经常一个人到北山上。北山下已经不是从前的样子，从前的旧楼已经被拆，新楼正在施工中。道路很泥泞，我们从北山的侧面登山，从半山腰到达那尊闪佛下。所谓闪佛，就是北山山腰天然形成的好像佛祖的山崖。汉朝就有僧人在这里凿窟建寺，后来道士也来这里建观，现在是以土楼观的形式存在，佛道儒并存，这也是中国礼教的特征。我们在雨雾中看北山，俯瞰西宁市区，都别有一番风味，这正是西宁八景之一的北山烟雨。

我上到魁星阁，那里的门上有巨大的太极八卦图，图外是河图洛书，每次来这里我都要伸开双手靠在上面拍照。继续上去，我们就到了所谓的九窟十八洞，这是在山腰上凿的一排洞窟，里面供奉佛道的神仙，乃是曹魏明帝时期就开始开凿的。平日只能参观几个洞窟，前面的路封起来了，因为廊道坍塌，今天下雨人少，连有限的几个洞窟也不能看，直接关闭。因为修牌坊，登山的陡立的天梯也都封闭了。我和朵咪只好沿山间的之形道下到山下。山下的主殿是王母殿，大殿有两层，气势恢宏，现在也在重新翻修。

从这里出去，我们到北山下我常去的饭馆吃羊肠。那时我常半夜独自在这里吃羊肠。进到饭馆时我才发现店主已经换了，羊肠已没有了当初的味道，我们吃完羊肠便匆匆离去。我还想去湟水河边我以前住的地方看一看，由于朵咪急于赶回而放弃。

去年的9月1日是我正式踏上西行之路的日子，今年的9月1日我和朵咪一起到西宁西面的湟源丹噶尔古城。丹噶尔古城是唐蕃古道和南丝绸之路的必经之地，被称为茶马商都、海藏咽喉。我选择这里就是对西行的一种纪念，因为它像一面旗帜一样沿着唐蕃古道指向吐蕃，沿着南丝绸之路指向西域。

中午我和朵咪坐上大巴，沿路她都很高兴，她喜欢旅行的感觉，我则在想我去年的行走。去年我是坐着火车从西宁出发经过湟源向西的。我们赶到湟源城，这里有西宁没有的清凉感。我们又坐小出租到丹噶尔古城的火祖阁，接着穿过火祖阁沿着曲曲折折的丰盛街往前走。在这条街道上，沿街都是仿古店铺，屋檐下挂着湟源排灯。

我们抵达丹噶尔古城的东城门迎春门，这里同样是仿古的古城楼。最初的东科寺就在东城门外，这是丹噶尔之名的由来。东科寺是顺治朝时从西藏迁来的。东科寺又名"东科尔寺"，"东科尔"是"白海螺"的意思，白海螺是藏族的吉祥八宝之一。据说释迦牟尼讲经时声震八方，仿佛海螺之音，所以法会时常吹海螺。"丹噶尔"则是蒙古语的转音。原来的东科寺在固始汗的孙子罗卜藏丹津叛乱时被毁,后来在日月山重建。

穿过迎春门洞,就进入所谓的明清一条街,街道两侧全是仿古店铺,高挑的宫灯排向前方。我们沿着石路往前,路上经过祭祀孔子的文庙,文庙旁边就是城关第一小学,里面有昌耀诗歌纪念馆,接着是丹噶尔厅署。再往前有仁记洋行,是英式的洋楼。丹噶尔城曾经是汇集各地各国商人的一个商业重镇,这个仁记洋行是其中的代表。继续往前走,到达西城门内的城隍庙,城隍庙是真正的明代古建筑,不似其他仿古建筑。我们从西城门拱海门出去,这是座面朝西海的大门。

我们在拱海门前休息,我在想象人们当年在这个城门进出的场景,从这里向西可以到西藏、新疆。我仍然没有尽兴,我们又进入拱海门,沿着原路往迎春门走。路上朵咪在一家店铺买了一只粉色的绣花包,说是要留作纪念。我们继续出迎春门,又沿着丰盛街下到火祖阁,走出丹噶尔。

我们想看看如今的湟源城市容,就沿着火祖阁前的街向西走,不久就到一个十字路口,这里就是这座县城的中心,可以看到不远处的拱海门。我们到附近去吃老字号的牛肉面,接着绕回高速路口,从这里坐车返回西宁。

去年10月21日是我西行回到西宁的日子,今年的10月21日我决定去虎台,因为那里正契合我的心境。我来到这座金字塔形的巨大黄土高台,四周有许多沟壑,此时上面的草也开始变黄。我从羊肠小道爬上虎台,四周都是高楼大厦,唯有这虎台孤零零地屹立千年。

这虎台和老虎并无任何瓜葛，而是南凉太子秃发虎台的名字。他的父亲秃发凉王傉檀修筑了点将台，就用他的名字来命名。这虎台已经够沧桑了，而虎台太子的遭遇更凄凉。南凉是唯一曾经在西宁建都的王朝，五胡十六国时秃发鲜卑部落建立的一个小王国，总共有三代凉王。第三代凉王秃发傉檀西征的时候，虎台太子所守的国都被西秦攻破，他和群臣被掳到西秦国都，最后被西秦王所杀。

我详细查阅了虎台太子被杀的经过。南凉和西秦有太多恩怨情仇。西秦太子乞伏炽磐曾经逃跑到南凉，在那里秃发傉檀把自己女儿嫁给炽磐，不过后来炽磐还是逃回了西秦复国。我想在南凉宫中虎台跟炽磐一定有许多故事。当时傉檀西征，炽磐趁机攻破南凉国都，虎台及群臣被掳到西秦，傉檀只好投降。炽磐开始待秃发家族还不错，一年后却毒杀傉檀，秃发太后和虎台太子发誓为其报仇。当时秃发皇族被掳到西秦时，炽磐又娶年轻貌美的秃发家小女儿并封为左夫人。秃发太后和虎台在谋划八年后正准备实施报复计划，左夫人却为了争宠，把二人给告发了，太后和虎台被处死。有人说虎台不是点将台，而是秃发皇室未完成的陵墓，这给虎台又增加一层凄凉之意。

我站在虎台顶部，闭上眼睛想象当年十万甲兵旌旗蔽日的情景。不过这情景很快就烟消云散，我却仿佛看到了西行途中的自己。

我睁开眼睛，在虎台上向西怅望。西宁自古是通向西域的丝绸之路（南线）和通向吐蕃的唐蕃古道的交会之处，此时我似乎沿着丝绸之路望向新疆，沿着唐蕃古道望向西藏。其实青海既有类似新疆浩瀚荒漠的柴达木盆地,也有类似西藏的高原草场青海南高原。而在地理拓扑结构中,新疆、西藏是亚欧大陆地的中心,一个是巨大的沙漠,一个是巨大的高原,一阴一阳正好构成一个巨大的太极图,昆仑山则是这阴阳间的线。

我躺在虎台上仰望天空,几只飞鸟掠过。人类一直在寻找大自在,这是宇宙自由精神的映射,我一直在思考着自己的命运。我从自己的小时候回想,我所有的事情都是被外在力量安排好的,所以最终选择"去职远游"的独自游走,在我心中这是我自己控制命运的一种宣誓。我在想我的家人,想我们的国家,想人类的世界。我们的天意如何实现?其实主宰我们自己的命运就是天意实现的过程。《易经》曰:"天行健,君子以自强不息;地势坤,君子以厚德载物。"这样我们才能得到自由。此时夕阳已经西下,微凉的秋风吹起我的头发,我想我理解了这个世界。

我坐在虎台,感觉到一种从未有过的安宁。这安宁从四方形的虎台向四周扩散,从西川到城西、海西再到西方,从东川到城东、海东再到东方,从北川到城北、海北再到北方,从南川到城南、海南再到南方,一圈一圈扩散开来。这世界多么安宁,我在想:西宁,西部安宁。

我来虎台时太阳还在头顶,此时头顶已经是月亮,在日月转换间我感觉到内心的自由。我回到那个只有我一个人住的四合院,从此开始闭门写作《昆仑秘史》,过起我的大隐生活。人们都说我能够静心写作,却不知道我如虎一般狂野的心在虎台上得到安宁。

第三辑

巴别塔尖忆旧

我的小屋：巴别塔尖

我有个名叫巴别塔尖的小屋。那间小屋是租来的，里面只有一些最简单的陈设，因为我时时在准备着远行。我的生活日用器物极为精简，没有一件是多余的，就像梭罗在瓦尔登湖畔的小屋。床、床柜、桌、椅和电脑便基本上是小屋里的全部了。再详细一点说，床柜里有两套衣服（冬夏各两套），桌子上有一些有关哲学和诗的书、一把藏刀、一个杯子、一个嵌着我的初恋照片的镜框，当然还有我的宝贝——埙。

我的小屋的确简陋，比起刘禹锡的陋室在面积上绝对不如，大约与归有光的项脊轩差不多大，然而不能比的是，我不拥有它的产权。不过于我而言，无论如何它都是天堂。白日，我打开窗户，坐在桌前读书，可与土地相吞吐。有时微风会把附近清新的气味带来，当然有时也会有不好的气味，不过这是完全可以控制的，因为窗户归我管，我可以随时开合。

天井中有一株丁香树，春天我可以搬椅子出来沉浸在花香中看书。这株丁香树简直就是戴望舒在《雨巷》中描写的"丁香一样的结着怨愁"的女郎。即使在冬季，它的枯枝也别有一番风味,那种如铁线一般刚劲的黑色线条仿佛青海寒冷的气息。房东饲养的小鸟虽然不在树上,但是它的鸣叫时时给我一种置身园林的幻觉。

一年以前,我的小屋出门不过百余米就能到校后的旷野,我可以躺在树荫中看书。以蓝天为屋顶,远山为围墙,绿地为地毯,我便在天地间了。还有引湟水而成的人工水渠,这便弥补了本地水流的缺少,俨然塞外江南。可惜现在这片旷野全被正在施工的建筑遮挡,已没了当初的气息。

我最喜欢的是在巴别塔尖的晚上了,那种静谧才是它的本质。晚上坐在书桌前,手捧一卷喜欢的书,在台灯下慢慢翻读,这感觉不可言说。这时还可以打开电脑播放一段古典乐曲,点一支茉莉花型的卫生香,泡一杯酽酽的绿茶,然后我就在这种温馨中完全沉醉书中。这种情境无论何时,只要闭上眼睛想想便让我很是享受,即使将来走到天涯海角也不能忘怀。夜晚有时会听到隐秘的声音,或者窥见奇异的身影,或者生发起超乎寻常的感觉,这一切都带给我一种神秘感。

不过它也不总是如古典书屋似的,有时我可以玩一个很有意思的电子游戏,有时可以看一部刺激的影片,有时可以听一首很动感的歌曲,还可以看一些电子图书。假如有感觉,我便写一些文章(诗歌是本我,随笔是自我,小说是超我),或者记当天的日记,这一切都给我不尽的乐趣。

我的客人很少,许多人都不知道我的小屋的位置,这样我可以完全地远离喧嚣,找到一片真正的只属于我的净土。每当遇到喜悦的事,我便一个人坐在书桌前享用,遇到悲伤的事我仍然是到我的小屋躲避，虽然我想也根本不可能有什么可悲喜的。悲乎？喜乎？一切只是一种宇宙力量的表现而已，我何必悲喜呢？然而在现实中，我总无法控制。

巴别塔尖是我的天堂，它让我觉得，用灵魂构筑的小屋才是人世间最简洁而宽敞、最坚固而无形、最单一而多样的居所，在我看来，一切的别墅、城堡、宫殿全都比不上它。而它是每个人都可以拥有的，只要你愿意去构筑。蓦然回首，你便会发现，那屋就在你心间了。

西屠往事

在一次社团交流会上，听完那些人的老生常谈，我愤然上台倡导成立诗社。我刚走下台，便有一个新生登台附和，并倡导所有的人向诗人海子学习，言语中有种咄咄逼人的霸气。我问大可，才知道是个叫西屠的诗人。过后，我们好久没有联系，有一次他突然拿着一首诗找我，就是《在北方思念南方》：

走向北方，走向父亲留给我的
空荡荡的粮仓
走向北方，走向十四全身渗血的马王
坐在北方的大地上
我目睹了马王眼中失望的泪水
坐在北方的海洋里
我阴沉地等待着父王

我北方的病房干净明亮
鲜花堆满了我的诗集

看着护士高凸的脊梁

我想起了家中喂猪劈柴的新娘

是什么人的马车疾驰而去

是什么人的马车如此匆忙

是什么人在北方思念南方

它的内在的韵律和神秘的忧伤立即感染了我。此后我和西屠经常见面，他常常拿着新作让我看，不过到目前为止，我认为他的新作仍无一篇超过这一首。每当他问我他的新诗写得怎么样的时候，我总说没有进步，这时候他总会拍着我的肩哈哈大笑，因为我从来不说谎话。还有一次，他请我吃饭，问我他做的饭怎么样，我说不好吃，我们又笑起来。后来，他与大可约我共同成立诗社，我们都很有信心，可惜由于种种原因没有实现。

他还是新生时就做了某文学社社长。刚刚上任时，他高兴地说自己"荣登大宝"了。我当时却很为他担心，果然到后半学期，他们社的经费就空空如也。最后，他们社就剩两个人：一个主编，一个时时指望像张爱玲一般红得噼啪作响的女生；一个社长，便是他。新学期伊始，我见他又像去年一般雄心勃勃地在新生中招兵买马，也不知现在他们社怎么样了。

我是每晚必定去独自散步的，在林间静静感受夜的神秘，我觉得我的颓废会一点一点地在黑暗中化去。认识西屠之后，每晚散步过后，我会不由自主地走到他的寓所——瀚海宅，去持续另一种散步：思想在黑暗的意识中漫步。见面之后我们便进行一种

175

无意识的神侃，虽然一点含义也没有，但这种思想上的漫步本身便是意义。通常他躺在床上抽烟，我则将脑袋靠在墙上，我们都摆着一种如被抽去骨头似的姿势，仿佛身体一离开支撑便要变为一摊肉一般。

"今天晚上，我就背着棉被去寻找我的女人。"他闭着眼睛吸一口烟。

"我要让全世界的人都按我说的去生活。"我闭着眼靠在墙上。

我们都哈哈大笑，不睁开眼睛，也不知道我们在干什么。最后将近十一点时才分开，各自去睡觉，似乎什么也没有发生。那种共同的后现代的忧伤不知从何而来，每当我想顺着忧伤的游丝摸到它的源头时，总是空空的。

他似乎同一个德令哈来的女生关系复杂，有时他说他对那个女人爱得不能自拔，有时又说他对那个女人不屑一顾。我有时见他们在一起，他神经质地在她身后指画，意思是他正在同她在一起，让我回避。但是我觉得我根本没有回避的必要，我久久地思考他这个动作的含义。

他最初只承认海子一个诗人，听说高三一整年就抱着《海子诗全编》。我觉得海子是爱上"诗"这个字的偏执狂，而他是爱上"偏执狂的死"的偏执狂，就像我的另一个笔名"一行云"的朋友爱上"英年早逝"这个词一般。后来他又同意了戈麦和骆一禾的诗人身份，而对其他诗人全不以为意。

国庆节前，我在图书馆遇到他，他约我一起去柴达木盆地"仰望星空"，我因为有事拒绝了。他是一个人向柴达木去的，临行时带了海子和昌耀的诗集,他对昌耀的承认又是一个新的变迁。那几天,他每到一个处所便给我发来短信。他说他要写七首长诗,都是有关德令哈的。听说他已经写好了五首,不知我何时可以看到。他为德令哈写了那么多诗,我不知道他是为了海子,还是为了德令哈的那个女人。

他每次给我看他的诗便说,这篇同海子的哪篇暗合。我觉得他是守在海子的"墓碑"旁不能自拔了。不过,这话我似乎只对他说过一次,我不想破坏他这个行为艺术家的作品。我内心一直觉得他不是什么诗人,而是企图将自己雕刻成诗的行为艺术家,而海子便是刻刀。我希望荒凉的柴达木盆地能将他从海子的墓碑前叫醒,去创造西屠式的诗。

无论如何他都是我永远的朋友(我的心灵上的朋友极其稀少,目前这个世间可能只有三个),我看得出来他虽然总在笑着胡说八道,但心却在为莫名的恐惧而颤抖,就像我一样。我看得出他非常想自杀,但没有理由,就像同样没有理由生一般。我想,一个人不可以把握自己的生,却可以把握死,要把命运完全地攥在自己手中。我劝他想开些,我们都苦笑了。我们有许多惊人的相似之处,似乎被事先安排过。

"我最想去俄罗斯。"一次,他闭着眼随意地说。这让我无比震惊,怎么与我的想法不谋而合。

"第二是北欧。"我说。这次是他突然睁开了眼,眼神中闪动着惊异。

"第三呢?"我问。

"加拿大。"

我们几乎同时叫起来，又互相指着对方哈哈大笑起来。我问他为什么对这些地方感兴趣，他说他也不知道，只是有种神秘的向往。我们对宽广的大陆都有一种神秘的向往，似乎是北方的旷野冥冥之中在呼唤，呼唤我和他。我希望有一天我们可以一起从太平洋东岸徒步旅行到大西洋西岸，穿过那神秘的茫茫旷野。

大可，一路顺风

我第一次见大可是在一个小酒吧，叫同志来吧。当时我正与我们班的两个同学商量要创办一个纯粹的文学社。因为我们以前都没有做过，我的同学与大可是同乡，而大可又是学苑社的社长，于是我们便在那个小酒吧见面了。刚见他时，我感觉他简直就是个白面书生，而他也自称是书生。他给我们讲他办社的经历，当时他们社已经陷入困境，因为一个管财务的把资金都卷走了，所以他多次叮嘱我们把财务处理好。不过我最感兴趣的是他中学时的传奇经历，他说他从小就在父亲的督促下学习书法——我可以想象他当时站在小凳子上练书法的情景。他中学时已经是陕西省书法协会的会员，当时他还办文学社，参加各种各样的活动，本来学校要保送他上一所名校的，结果不巧的是那年取消了保送。他的文化课没有学好，最后被调配到边疆。我也本来打算到我所梦想的江南上学的，可惜也阴错阳差地来了青海，所以颇有同病相怜之感。当时我就想，我们的相遇真的太有缘了，否则这么大的中国为何偏偏让我们俩相遇呢。

当天谈定，我来写社团章程，然后让他来审。我当时很有激情,当晚写好,第二天早上就敲响了他们宿舍的门。他还没起床,看到我的时候,似乎对我的效率很惊讶。我将章程和申请交上去,我们的文学社便成立了,就是翔鹰社。我们刚开始在招纳会员时还曾经合作过,但是似乎就只有那一次。由于种种原因,翔鹰社成立后我就没有参加过社内的活动,几乎是退出了,虽然社名、章程、守则都是出自我的手。

不过我们经常在一起,因为他的宿舍就在我的宿舍对面。我在入学的第一学期练了一个学期的字,每天晚上11点开始练,一直练到12点,练完我会马上拿去让他指正。他总是一副懒懒散散的样子,他的书桌真的就像一个巴黎画家的桌子,上面有各种书、笔墨纸砚、鱼缸、花盆、茶杯、快餐杯、方便面、烟灰缸,等等。我一感叹"这真是书法家的文艺状态",他便稍稍收拾一下,说"不不,这只是个人问题",不过下次又是那样了。

他似乎在他们宿舍中威望特别高,宿舍里的其他人都呼之为"岳掌门",好多人的书桌前都有他的墨宝。我有好几次看到他和舍友在街上闲逛,亲得仿佛一家人。我越来越觉得他身上散发着中国古代书生的气质了,因为我在他身上看到了许多很明显的印记,我想这是他从小练习书法所致。那些书法理论都是以中国古代的哲学观念做指导的,何况他是西安人,那里有太厚太厚的历史沉淀,所以他的审美情趣时时处处显露出一种古雅之气。虽然他有时故意要追求一种现代感,但是我感觉那是格格不入的。我就是在他那看的《挪威的森林》,但是我想他对待性绝对不会那样开放,我怀疑他见女生时就同一个古代书生一般坚持"男女授受不亲"。就连他的笔名"大可"都是拆开自己的名"奇"起就的。他说他还用它作了一副对联,内容我想不起来了,颇有古代文人的气韵。

他真可谓门生故旧满校,我校的好几个文学社的人都似乎受过他的指导——虽然我觉得他不太适合办社团活动——其中就有大二时我认识的西屠。我们三个人真的是那种知音式的朋友。大可似乎可以容下许多种人,这一点同我与西屠截然不同,我若讨厌一个人,一下子就表现出来了。这也同他的传统的审美有关。

我们真正相知是因为一件乐器——埙。那天我谈到埙,我说我对埙有种神秘的感觉,第一次在磁带中听它的音调,我的灵魂便被那种神秘的似乎从宇宙深处而来的悲音俘获了。后来听说那是中国最古的乐器,中间曾经失传过,后来在西安的汉墓中被发现了。在《废都》中,贾平凹描写过一个会吹埙的人经常在失意时坐在西安古城墙上吹埙,这其中的意境,让我对它更加不能忘怀。

等到我说完了,大可笑着从他的柜子中取出一件东西。哦,是埙,是白色瓷质的埙。我一眼便认出来了,我真是不知如何表达我的心情,就是那样一种一个人突然看到他日夜在想念的东西时的激动。看看他那乱糟糟的书桌,真想不到书柜下会藏有这样的宝贝,这似乎正是中国传统文化的一种象征——常常在不经意处暗藏玄机。他说我不知道的还有许多呢,我便看着他的柜子,似乎金缕玉衣都是可能存在里面的,但是他拒绝让我看。后来我在他那里的确发现不少奇物,比如他的那些奇石。接着他给我当场吹奏埙,那种神秘的悲深深渗入了我的灵魂,我永不能忘记那天晚上。

他答应下次从西安给我带一个埙，果然下个学期开学的时候，他特地给我带了一个土色陶质的埙。我真是把它如我的身体一般看待，摆到我的书桌最显眼而又最安全的地方，直到现在，我想也会直到永远。后来那个埙还给我带来无数传奇式的经历，在此处便不再提了。当时我特别邀请他同我合影，那张照片我至今珍藏，每当看到我们当年稚气未脱的样子，我就记起我们当年的梦。

他似乎有一个喜欢的女生，他给我讲他们动人的爱情故事，完全是那种柏拉图式的恋爱。他们在中学就朦胧相恋，但是两个人谁也没有表白，直到他要到西部上学前夕，他给她打电话，她哭着说为什么不早给她打电话，她现在刚刚有了男友。这种才子佳人式的凄惨爱情让我非常感动，并且他似乎深深地陷在其中不能自拔。据我所知，他至今未恋爱，还同那个女生常常联系。我觉得他喜欢的更多的是这种凄惨的美，而并非那个女生。

大二时，我又主持翔鹰社，我们刊物的封面就是由大可题的字，我们社的印章也是他刻的。这时他已经完全退出社团活动，同人在校外合租了房子，几乎"归隐"。他看我们工作的效率那么高，很是感慨。他特意为我刻了两枚章子，一块是贺兰石的"箕城埙咽"，另一块是青田石的我的名字。这时我又看了他一些宝贝，他珍藏着许多刻章用的石头，他一块一块给我看，然后给我讲它们的来历和出处，对中国的石头他似乎了如指掌。他又给我看他的那些刻刀，也是如数家珍。西屠的宅名"瀚海斋"也是他题写的。书法篆刻我不太懂，但是我可以感觉到大可的字中苍凉的美。

我最初写诗也是和他切磋的，虽然后来我意识到我不同意他的诗论：大可的诗可以一句一句指出出处，就像晚唐追求用典的"江西诗派"一般；我却觉得诗应该是一种"不写就会死"的喷发。

最后一次见大可是上学期在"瀚海斋"，我略谈了一下我们周围的人和中国的现状，颇有沧海桑田之感，后来我们就再也没有见过。前几天听西屠说，他回西安做公务员体检去了，毕业后要去一个镇子做镇长助理，可能过几年就是镇长兼书法家兼诗人了，我们便可以去看他了。我突然想到他就要走了，我应该送送他。假如有机会，我的宅名"巴别塔尖"一定要让他来为我题字，将来即使我走到天涯海角也要背着它。我始终觉得我们的相遇是一种缘分，这次一别不知何时相见，不禁悲从中来，我只想对他说：大可，一路顺风。

从柴达木出发

当我来到青海时,命运已经注定我要同柴达木结下不解之缘了。因为它的北面是新疆的沙漠,南面是西藏的高原,西面是中华的脊梁昆仑山,东面是中国内陆最大的咸水湖青海湖,所以我认定它是西部的中心。我闭上眼睛便可以想象浩瀚的大漠中,飞沙走石,像龙卷风一般的沙尘在威武地来回旋转,仿佛出征前在校场中回马的战士。想到这里,我仿佛听到了战马的嘶吼声,似乎他们要来青唐城饮马,然后直向东方远征。

去年冬天,我托我的一位海西的蒙古族朋友将一抔石子撒向了柴达木盆地中,我知道当那些石子落地时,我们的命运便被神秘地联系起来。那些石子是我特意从故乡那片我小时候经常游泳的池塘边捡的。小的时候每到夏天的中午我都会在那片潭水中游泳,游泳的时候我都会觉得那泉流将我同故乡的山紧紧地联系在一起。离开家乡的时候,我将在池塘边捡的石子带在身边,希望它们保佑我平安。我将它们带到西宁的寝室,放在香炉里,当香烟氤氲缭绕飘向天空时,我便觉得我的祷告传到了上天的耳中。每当看到石子,我便感觉我还在故乡,上天就会像我在童年时一样保佑我。母亲说我在童年时多灾多病，就是因为上苍保佑才能平安长大的。

去年冬天，我突然感觉有什么在呼唤我，从茫茫的旷野而来的呼唤。我仔细地想，我需要面对真正的存在，何必固守那些童年的梦呢。于是我将香炉中的石子取出来，默默地许下我的愿望，将我无尽的愿望都附着在它上面。我很想亲手将它撒到那片土地，可惜当时不能成行，只好托我的朋友帮忙。他非常乐意，因为当地传统认为帮人撒有愿望附着的石子，可以助其实现愿望。

我早就想徒步到柴达木去旅行，亲自感觉它野性的力量，希望有一天它给我力量，让我的心愿得以实现，但是由于种种原因未能成行。我经常同我的朋友西屠在他的屋子"瀚海斋"谈论西部，我细细品味柴达木这个名字所带给我的大漠的感觉，似乎我们真的"醉卧沙场"一般。不过我其实时时都在收拾我的行装，时时准备旅行。人生没有比旅行更快乐的了，而我的第一站一定是柴达木，希望这个夏天可以实现。

"西漂"族

时下有"北漂""沪漂"等说法，意指在某地漂泊的游子，另外还有一种特殊群体——"校漂"，指随学校考研的人。其实在中国西部还有一个更加强大的群体——"西风漂流"，他们，就是"西漂"。

我感觉西部才是真正的漂泊的地方，这里有这样几种漂泊群体：首先是支援西部的干部，他们来到这里促进西部发展；其次是商人，这里虽然经济不发达，却有不少特殊的高利润商机，毕竟这里的疆域太广阔了；再次是学生，他们有的是因为在西部上大学留下的，还有的是作为西部志愿者而来的。

"西风漂流"虽然可以说是在西部漂泊的人，不过在西安、成都那样的城市是没有"西漂"的感觉的，到西藏、新疆及青海的人才属于"西漂"族。我现在是"漂"在西宁，不过总感觉还需要继续向西，我也一直在打算继续向西——到拉萨或者乌鲁木齐去各待上一年，我在计划着向单位申请调到海西驻站，可以将格尔木作为一个跳板。

在我看来，西宁是最不排外的城市，因为这里的人即使是当地人,父辈也多是从东部支援西部来的,我们单位许多人的父母都出生在东部。这里的人也非常淳朴,从前我的房东不但允许我拖欠房租,有时还借钱给我。如果我在西宁街头问路,大家都会非常热心地告诉我,离去好远他们还会大声提醒我不要走错了。

  我一直在漂,虽然单位的人一点都没有感觉到,因为西宁的外地人太多了,我甚至感觉他们以为我就是西宁人——我们科长非常理所当然地认为我应当为结婚攒钱。西宁的确适合写诗,那种冰冷的气温让人着迷,青海几乎是每个汉语诗人必去的地方。我跟西屠、衣郎在咖啡屋时,西屠也积极计划留在西宁,不过我却时刻准备离开。我不能一直待在一个地方,从前在家乡的时候我就一直要离开,我在想着要么向东到上海,要么继续向西。

陪伴我长大的那些宝贝

从小到大我似乎总在收集一些物什，对它们有种特殊的感情。我经常看着它们陷入回忆，因为其中无一没有动人的故事。我从小就有很强的隐私意识，有一个专门用来收集心爱之物的小箱子，可惜它经常受到母亲的侵犯，所以我收集的许多东西都已经遗失了，现在保存最久的东西是我的初恋送我的音乐盒。

那大约是1997年我们热恋的时候她送给我的，我一直把它保存在我的小箱子里。那是一个红色的音乐盒，只要打开盖子音乐就会响起，里面的布置仿佛是一个温馨的家。盒子上半部分有三个小格子，一个里面放着一个心形摆件，一个里面放着微缩的被褥类的床上用品，第三个好像是间浴室。每次看到它，我就感觉无比亲切，我们原本是打算一起这样生活的，可惜这是永远都不可能的了。在音乐盒下面的小抽屉中，我还一直珍藏着她写给我的无比诗意的情书，每当读到那诗句我就备感幸福。

初中时，我的小箱子里几乎装满了对我而言非常有纪念意义的东西，其中有一块有个洞的小石头，这块石头后来送给我的婷妹了。因为当时我考虑除了这块石头是我自己的，其他东西都是父母的。这块石头是我在东汇河捡的,我怀疑它是一块化石(我们那里有许多恐龙化石,县城建有中国唯一的县级化石博物馆)。当时我们几乎就要发生爱情了。不知道她现在是否还保存着那块石头。

在我租的屋子的床柜中还放着一个我戴过的坠子,那是一个铜制的壁虎。我母亲坚定地相信我是"蛇狮子"(即壁虎)的化身,这同我在曾祖母家的一次遭遇有关。那一次,我在榆次的商场里遇到它时,就买下挂在我的脖子上了。我戴着它一直到大一的暑假,希望它保佑我平安。

在大学期间,我本来又聚集了一批宝贝,但是受我榆次那个朋友的"决绝主义"思想的影响,许多宝贝在我不喜欢后就被我毁掉了。保存到现在的宝贝中有大可送给我的埙,那是他从西安带给我的。

同样与大可有关的还有一个贺兰石的印章,上面刻有"箕城埙咽"四个字,箕城是我们县的古名。那块贺兰石是我宁夏的一个朋友送的,我让大可帮我刻了那个章子。因为那时我正在热心地学书法,我所有的书上面都印上了"箕城埙咽"的章子,每当我送我喜欢的人书或其他东西的时候,就把我心爱的章子印上。

我的最后一件宝物是一把刀,是我在西宁花五十块钱买的。我也不知道那是藏刀还是蒙古刀,总之上面刻有"刀王"字样。那把刀异常锋利,可以把我椅子上的铁皮削起来而不损刃,当时我在大十字的店铺中看到店主人的表演后就坚决地买下了,因为带着它时我似乎有种武士的感觉。

我的木箱子里面现在剩下的宝贝非常少了。原本保存那些物什，我还有一个考虑——物不同于人，它们是可以随我的意愿处置的。不过后来我又想，其实人世间最安全的地方是在心里，于是我就拼命把我想知道的东西都放到心里，那样在我四处流浪的时候就能随身携带了。我是有很强的外现欲的，主人在自己家中的布置是主人思想的外化，将来我可能往我自己的家中重新收集，现在的我只能往心中收集了。

我的《红楼梦》

我对《红楼梦》最初的印象点就是电视剧中那块黑色的大石头。按照电视剧的拍摄时间1986年推算，我当时应该是四岁。我母亲说我小时候就怕影子，晚上总需要专门的人看护。父母经常跟我说我怕《红楼梦》中大黑石头的事情。那时还在老院子里，我与父亲兄弟同住在一个四合院。三叔家最早买了电视，每天晚上全家人都会围在院子里一起看。每到《红楼梦》开始播的时候我就藏到母亲的怀中，直到结束，记忆中都是那种恐惧，还有黛玉唱《葬花吟》时的情景也让我感到恐惧。我长大后，重看电视剧《红楼梦》，却忘了那种恐惧，反而经常联想到那个四合院及四合院中妯娌们的闲话家常。

最早看《红楼梦》全书是在初二的秋天，那是我向我的初恋借的，大约看到第四十回的时候就到了寒假。寒假的时候我向每天在一起的伙伴借了全本的《红楼梦》接着看。我认为看《红楼梦》需要在冬天，最好是过年外面下着雪的时候，我当时就是在那样的境况下看的。我看到宝玉、黛玉去找宝钗，他们抱着暖手的小炉时，我正靠在炉火边，仿佛置身其中。

我觉得《红楼梦》写的仿佛就是我们那个地方，许多骂人的话都是一模一样，许多写调情的情节也同我们那里的方式如出一辙。我经常将书中的人同我身边的人联系起来，我感觉我邻居的一位大婶就是风情而泼辣的凤姐。当时我的祖父还很健康，他的言谈举止也那么像贾母。我祖父经常好奇我在看什么，他是喜欢《杨家将》那样的小说的，所以对《红楼梦》没有什么感想，不过他听说作者姓曹就非常开心和自豪——他有一种固执的家族观念，觉得姓曹的都是本家。如今他已经永远离我而去，近日我经常想起他，有时竟不自觉流下泪来。他一直在盼望我们长大，等我们长大了他却已经不在人世，而他去世的时候我正远在千里外的西宁上学。

我在那个夏天第一次恋爱，所以对《红楼梦》中恋爱的描写尤其有感觉。当时我的理想对象是秦可卿那样的女人，单是她卧室的布置就让我着迷，她的去世也让我无比伤感。书的注中说她同贾珍通奸，这让我很是想不通，后来许多红学家考证这是曹雪芹为避讳秦可卿的真实人物原型修改时留下的痕迹。秦可卿身上似乎集合了《红楼梦》中所有女人的优点，她有黛玉的才情、宝钗的贤淑、凤姐的手段，她真是一个完美的女人。我想作者也不忍心写她被侮辱的过程，于是让她在很早的时候就去世，并且拥有了王妃待遇的葬礼。

宝玉就是在秦可卿那里得到爱的启蒙的，他在秦可卿卧室做的梦也是整本书的重头戏，他在梦中预见到了金陵十二钗的命运。

我还经常感觉我们家就是那样的一个缩微。我母亲经常喋喋不休地跟我父亲数落我们家的那些事，我感觉她们妯娌间的关系太像《红楼梦》中人。我父亲可能是很喜欢《红楼梦》的，不过没有太多地谈起，只是我多次听他提起一个亲戚将他的《红楼梦诗词》丢失的事情，我想着下次见到他的时候专门问一下。

《红楼梦》中的人物是说不尽的，我当时认真地看了一遍，至今我都只是那样认真地看过一遍，不过对情节记得出奇清晰。我向来对任何书不会全书看第二遍，所谓的四大名著我也是只看了一遍，后来看《金瓶梅》也同样是。不过过后我都会专门挑选一些章节看，我记得有一段时间经常看着目录翻看一些章节。

假如要让我只选择一本对我影响最大的汉语书，我毫无疑问会选择《红楼梦》，直到现在我都感觉我小说的叙事手法不少来自《红楼梦》，尤其是那种层层叠叠的大的象征体系的构筑。我在高中时曾经写过一个短篇小说，写一个书生的遭遇，其中已经有我的叙事方式的雏形，那就托化于《红楼梦》。最近我想着重新读一次《红楼梦》，我想会别有一番滋味的。

黑暗中，我缓缓行走

母亲经常同我说我小时候很害怕黑暗，一到晚上看到灯下家具和人的影子便将头埋在她的怀里；要是晚上到外面，我便钻进大人的衣服中，直到见到光亮，才似乎从一场浩劫中脱离。真是无法想象我童年是如何度过的。白天我还害怕见陌生人，家里一旦有陌生人，我便必须有一个非常相熟的人抱着才肯出来。不过我长大后却完全相反，在黑暗中漫步使我感觉到一种莫名的喜悦。

在黑暗中我似乎感觉到无尽的自在，有那么多的可能让我去选择，在不可知中时时都可能出现异样的变化。我常常希望有什么突然的奇遇发生，就像幼时听外公讲的神话故事中一个人会突然遇到一个仙人。我又希望什么也不存在，就只有单纯的黑暗，然后我便占有了一切。

前年的一个冬夜让我对黑暗有了更深的体验。每天晚上十点半左右到熄灯前，我就在学校西南角的阴森森的树林中散步。因为是深夜，又是冬天，所以我很少遇到其他人，即便是恋人也不会出现在这黑暗阴冷的树林中。我在林间行走，时常感觉我体内的悲伤在一缕一缕散发出来。夜似乎是一个无边的庇护所将我保护，在它的笼罩下我感觉无比安全，没有比夜更加温馨的了。

那时我正对形而上哲学和现代诗无比沉迷，我觉得自己在黑暗中得到了无数的启示，我的许多基本观念在那时建立，一种我所认为可以拯救每个人的真理也是在那时找到的。我的夜晚永远支持着我，我将无尽的思虑都赋予了我的诗，赋予了未知的前路。高大的杨树直指天空，古旧的建筑横亘在地上，有时月光或星光在天空照耀，大地是我的床，天空是我的屋顶，我便站在天地间了，这种意象给我一种神秘的感觉。

我仔细思考我童年的表现，发现其实我现在仍然在害怕黑暗。但我也许是在逃避另一种光明的黑暗——许多光明的黑暗让我无比恐惧。直到如今我几乎每天都做噩梦，经常梦到我被人秘密处决，或者有什么怪物对我穷追不舍，或者我的很好的想法将要实现时却突然变成一场空。即使在自己家中，我都无法安然入睡。

如庄子所言，我们也许真的活在梦中人的梦中，黑暗似乎可以让我在它的羽翼中逃避一切邪恶。假如我真的能到梦中人的那个世界去生活，那简直是到天堂了。如今我仍然在夜里漫步，也仍然在做噩梦，不知道何时才能停止，也许需要一种绝对的光明。不过，我们必须按照那句诗说的"黑暗是永恒的，而光明必须前行"去生活。

蒙古尔乡的危险诗会

一、乡村夜静静

我们去年就在策划互助县的诗会,还准备以北寒带的名义发布一个"互助宣言",而这在西宁第六街相会后的一个周末终于得以成行。西宁以北三十公里的互助县是土族的聚居地。土族人自认为是蒙古族人的后裔,因此他们也自称蒙古尔。这里是青稞酒的故乡,也是衣郎的故乡。那天下午我同西屠在火车站前的群马雕像前会合,然后踏上向互助县去的大巴。我自从去年秋天去过一次长宁镇后就再也没有出过西宁,久居西宁令我感觉自己仿佛被困在笼中一般,这次互助之行算是一次短途旅行。

正是冬末春初时候,野外仍然一片萧条,不过我看到农田和村庄就有种无比亲切的感觉。一路都是这样的景致,我们就谈论起来。西屠问我雁北的事,他特别向往雁北那样的地方,因为那里古时是塞外。我跟他说雁北是原来的一个行政地区,现在已经划归大同及朔州,雁北因为在雁门关以北而得名。那里有所谓的"外三关",其他二关为宁武关、偏头关。

我给他讲晋中的大院。事实上所谓晋商大多出在我的故乡晋中市，就是太原盆地南面的狭长的汾河谷地中。从北到南，榆次有常家庄园，太谷有曹家大院（三多堂）、孔祥熙故宅，平遥有三国古城，祁县有乔家大院、渠家大院，灵石有王家大院。其中太谷曹家是当时最富有的一家，全国超过三十万两的钱庄有大半属于曹家，据家谱记载，我们家族同太谷曹家是同族。

我们就这样一直聊到互助县城。县城中心有一座钟鼓楼，后来我们查资料知道它建于明代。衣郎打来电话，让我们在汽车站等他，西屠自言自语问车站在哪，旁边一个当地女人说马上就到了。下车后西屠跟我说他就喜欢这样的小镇上的女人，有种生活的感觉。衣郎到了，我们一起坐上出租车，他要带我们到县城南面的土族民俗村去。

不久我们就到了目的地，下车后我感觉到一种难以言说的清凉。这个村庄叫小庄，这里的每家农户同时又是乡村酒家。这时已经是黄昏，衣郎带我们到了一户农家，我们来到一间有沙发和炕的房间，里面很整洁。一个朴素的土族姑娘来招待我们。

我们几个坐在炕上。我有点不习惯坐炕，虽然我的家乡也有炕，我却是很少在炕上坐的。西屠因为他们苏北没有炕，所以感觉很新鲜，坐得比北方人都方正。我饥饿难耐，那个姑娘赶紧给我们端上来孔锅，这是一种直径一尺、高三寸的圆形的饼一样的特色面食，我是直到毕业才偶然知道这种青海饼的。我问衣郎为什么叫孔锅，他说他们方言中讲蒸为"孔"，可能由此而来。接着她又端来小碗的面片，青海人是离不开面片的。

不久那个姑娘来问我们吃什么菜，我们当然让她做那里最独特的土菜，比如鹿角菜、蕨根粉、羊肚菜。她去做菜，我们就先到外面散步。空气清冷，没有月亮，远山是漆黑的一片。如此安静的夜，我们商量作同题诗。我听到路边有水流的淙淙声，便问衣郎这是不是溪水，衣郎说是当地农民在引水灌溉，第二天我问过路的村民才知道是引南门峡水库的水。我们沿着乡间公路向村口走去，因为我们听到那里有民歌的声音，衣郎说这是民俗馆的人在排练锅庄（青藏高原一种独特的集体舞）。我们就慢慢走向那个民俗馆，歌声越来越清晰。我的大学每周五都有藏学系的人组织跳锅庄。我们站在门口的广场上谈天，谈到兰波的一句话"聪明善心的巨人漫游乡间，他们的主要职责之一就是为世人清除学究蠢材和没有才华的作家，方法就是从高处撒尿"，我们此时正在乡间游走，所以都大笑起来。

我们回去后，那个姑娘就开始上菜，没等我们反应过来就端上来六大盘菜，且还有菜没有端上来。我们连忙让她停止做饭，她仍然不由分说端上来一盘土豆片。我们当时怀疑她是故意让我们多消费，到第二天才发现她是对我们格外热情，因为在她这里无论吃什么都是很低的价格。她误认为我们是从山西、江苏赶来的，真正把我们当客人了。到青稞酒乡当然要喝青稞酒的，我们让她热一斤散酒。

我们开始吃菜，其中鹿角菜、蕨根粉是在其他地方吃不到的。鹿角菜是用一种形状像鹿角的野菜水煮后凉拌的，我问她这种菜是什么样子。她看着我，满脸茫然，似乎感觉我的问题不可思议，在衣郎的解释下她才告诉我是一簇一簇的。我记得我们班到鹞子沟春游的时候我曾经醉酒独自登山，在山腰遇到两个采蕨菜的小姑娘，我还帮她们采。后来我继续爬向山顶，途中遇到过一群陌生人，下山的时候又遇到她们。这些都是一些迷迷糊糊的印象。因此我一听蕨根粉是用蕨根做的，就问这是不是蕨菜，可惜她说不是。

酒热好，姑娘端上来，为我们轻轻地倒上。我们问她的名字，她说叫正月姐，因为出生在正月。起初我以为她叫正月，后来才知道她的名字就叫正月姐，加上姓就有四个字。他们土族还有叫腊月花、五十六这样的名字的，真是不可思议。我们请她唱土族歌，衣郎建议她唱《依姐歌》。这是土族新婚时唱的歌，新郎黎明时就要去接新娘，在新娘改姑娘发式为新娘发式时，伴娘要在门外唱《依姐歌》。衣郎刚刚同妻子离婚，我与西屠也是单身，我们都在想象那种充满神秘色彩的民族婚礼。正月姐却一直羞得不肯唱，最后唱了一首《祝酒歌》。我们都问她歌词的意思，她说是远方的客人来到这里，她为我们献上酒。

我们干了几杯酒后开始划拳，采用一种相挨的人接龙划拳的方法，我本来计划行酒令的，喝起酒来就忘了。那天晚上不知怎么一直是对座的正月姐和西屠输，正月姐就叫我代她喝，这样西屠喝最多、衣郎喝最少。酒过三巡，我们都有种微醉的感觉。西屠和衣郎要唱民歌，衣郎唱了一支土族歌曲，西屠居然唱江苏民歌的《茉莉花》。他们都让我唱山西的《走西口》，那首歌的确是柔肠百转，我小时候也听老太太们唱过，只是我是无论如何都不会唱。他们就继续唱刀郎的歌，合唱了几首，我则只是喝酒，正月姐也只是听。

酒过三巡，我跟他们说我喜欢一种形而上的庞大的存在，有时非常世界化，有时非常中国化，不过我的中国化是上溯到古典时代的，那是一个完整的体系。从唱歌，我发现他们是倾向民间的，一切的细节就是本质。我在慷慨激昂说这些话时，他们都盯着我看，正月姐则一脸惊奇。这时我突然提出要为他们唱《北方有佳人》，他们听说我要唱歌就非常高兴，我就唱起来：

　　北方有佳人
　　绝世而独立
　　一顾倾人城
　　再顾倾人国
　　宁不知倾城与倾国
　　佳人难再得……

我唱的时候周围一片阒寂，他们都听我唱。我唱完后他们还要我唱，后来他们就跟着我唱，我们像古人一样拍着桌子击节而歌，这样一直唱了十遍，这时我们宴饮到了高潮。接着我跟他们讲这是汉代李延年谱的歌曲。我知道此时我们都在向往那样的佳人。

这首《北方有佳人》把我们带入古典时代，西屠开始唱《越人歌》:"山有木兮木有枝,心悦君兮君不知……"这首歌让我一时非常感伤。接着我们朗诵了项羽的《垓下歌》、刘邦的《大风歌》,古代的那些大丈夫从来都是慷慨悲歌的,我们还一起唱苏轼的《水调歌头·明月几时有》。我们都在其中找到一种古典的大诗,那是无技巧的大音希声,这正是大诗主义的追求。

我想着下次聚会一定要带沈德潜的《古诗源》——那是一本完备收录古诗的著作,那是真正的诗,我曾经有一段时间每天都在阅读——那样我们就可以朗诵。我一直在想着那首刘关张去隆中找诸葛亮时遇到的那个农夫唱的非常具有玄学智慧的歌,我记得我在中学的时候,有一段时间每天都唱,当时只是记得前两句:"苍天如圆盖,大地似棋盘。"后来查到后面的词是:"世人黑白分,往来争荣辱。荣者自安安,辱者定碌碌。南阳有隐居,高眠卧不足!"他们的时代真是让人怀念。

二、在不远处徘徊的是死神

席间正月姐从外面回来,说今天寒气逼人,她要为我们烧炕。我们继续饮酒,到零点左右宴饮才结束,因为我们想明天一早去登山。本来想像苏轼他们在赤壁饮宴一般"肴核既尽,杯盘狼藉。相与枕藉乎舟中,不知东方之既白",后来还是让正月姐把杯盘狼藉的桌子收拾好,三个人头南脚北地睡下。睡前我还特意将窗子开了一条缝以防煤气中毒,我对此是非常注意的。正月姐另外为我们插上电热毯,后来我们才知道,她怕我们冷,那晚特意多添了煤。

我们又谈了一会儿，西屠和衣郎开始入睡，我知道我是无论如何睡不着的，因为我从来都是昼伏夜出的。正月姐的菜做得太咸，我不断起床喝水，不过仍然非常渴。炕烫得很，我一直看到窗外的月亮落下都没有睡着。半夜不知道怎么回事，西屠一直在低低地呻吟，衣郎则说梦话，我隐隐约约听到在说"互助宣言"的事，虽然我们根本没有按之前的计划发布"互助宣言"。

我一直等待天亮一起去登山，后来我逐渐感觉头痛欲裂，接着肚子又难受起来。起初我以为只是着凉，后来实在难受就将西屠、衣郎叫醒，他们也感觉头痛欲裂，我开始怀疑酒有问题。我的肚子实在难受，就起床上厕所，我在院子里叫正月姐，她出来为我打开大门。我每走一步都感觉脑袋要裂开，正月姐说她也有点头疼。我问她是不是青稞酒有问题，她说他们平时喝的就是同样的酒，她心平气和地说可能煤气中毒了。我说我们一直开着窗户，并且她在我们睡下就离开了，所以我仍然怀疑喝到假酒。我小心翼翼地去上厕所，因为头一动就疼，想到在青稞酒乡被假酒害成这样就感觉哭笑不得。

从厕所回来，我将窗子开大点，又喝下许多盐茶，在屋子里走来走去，后来继续睡下，似乎头痛加剧了，并且开始感觉恶心。可是刚才正月姐已经说了村里的诊所只有白天才有人，我只好再起床在屋子里走。如是再三，我痛苦不堪，最后终于忍不住到门口大吐，简直要把内脏都吐出来，直到腹中空空。而西屠和衣郎他们两人则是一直睡在那里。

天亮时，我开始到庭院中走，外面的空气清冷如水，我仍然是头痛欲裂。我出来进去多次，直到正月姐和她的家人起床。他们鼓励我在外面走动，我则愁眉不展。不久衣郎起床，他的不适感似乎比我轻许多，用凉水洗漱后就到西面正月姐家人的屋子里去。我则始终忧心忡忡地在院子里走，担心会留下后遗症。我又问正月姐诊所的事，她断定我是煤气中毒，说他们每天喝的都是那种酒，在外面散步就会好，即使去诊所大夫也是随便给点药，他们中毒后就那样。她那口气仿佛他们经常煤气中毒似的。我暂时放弃去诊所的想法，不过仍然怀疑青稞酒有问题，衣郎症状轻的原因我归为饮酒少。衣郎同正月姐家人一起吃早饭，我没有任何胃口，只想吃水果，无奈厨房里只有西红柿，我就吃了两个西红柿。正月姐无论如何也无法将西屠叫起来，直到衣郎他们用完早饭，西屠才起床。

我渐渐接受了煤气中毒的事实，这时却突然后怕起来，昨晚要不是我把窗户打开一条缝，要不是我有昼伏夜出的习惯，或许我们三个早已经在这静静的乡村静静地死去，三个诗人千方百计来互助死去是多么莫名其妙的事。后来西屠起床，他似乎有点儿昏迷，我陪他到门外散步，村里的人已经开始在路上行走。我们回去时，衣郎在同正月姐及家人谈她的婚事，她是等待出嫁的人。她看到我和西屠愁眉不展，一再抱歉地说她是怕我们冷才多加煤的。衣郎要回去上班，他付钱时正月姐一再拒绝，衣郎只好留下五十元，然后让我与西屠先在她家，到上午感觉好点再一起去吉家湾的寺庙。

我与西屠仍然头痛欲裂，我们一起到外面去散步。我们走到正月姐家屋外的田野边上向远处眺望，早春的田野充满生机。我们向远处看乡村周围的山，旁边的树上鸟鸣声非常清脆。我与西屠谈论生命的脆弱，这次互助之行让我们终生难忘。我们回屋时，正月姐的家人正准备到村庄背面的山上去劳动，正月姐则在家里照料茶园。我们从外面回来才发现正月姐真的是土族中的美人，此时她围着青海农村妇女经常围的头巾做家务，我们发现其他妇女的头巾一般是红色的，她的却是白色的。我们问她为什么在家围头巾，她说怕晒黑。她确实有点儿黑，这更加显得她很纯真。

三、寺庙和乡村少女

我们昨晚计划好到不远处的喋尔寺（又名乩尔寺）去的，衣郎走的时候还留下详细的地址，那里是他的故乡吉家湾村。上午，我的头已经不太疼了，不过仍然没有一点食欲。我就想着去喋尔寺，每到一个地方我都要去造访当地的名胜古迹。西屠则没有兴趣，他只想睡觉，因为他仍然感觉眩晕。我只好独自出发。正月姐告诉我详细路线：从他们村向南走，穿过一个村庄，下一个村庄就到了。它们这三个村共同组成一个行政村。

在村口，看着乡间公路，我突然想骑自行车。我返回去向正月姐借自行车，自行车好久无人骑，我给轮胎打足气就出发了。我可是一年多没有骑过车了，所以非常高兴。这里的乡间公路让我想起故乡。我在乡间公路上骑车向前，惬意地看着两边的田野。

很快我就到了吉家湾，远远地我已经看到村庄背后山前台地上的白色佛塔。在村口，我问一个过路的妇女从哪里上佛塔，她告诉我从前面围红头巾的那个女人坐的路口就可以上去，我就骑车到那个路口再折向西，一直骑到铺满麦秸的路上才下来。一个铺麦秸的老太太用青海话问我为什么遇到麦秸还要骑，我笑着推车向前。我发现前面已经是山坡，需要从羊肠小路上去，我就返回那个老太太的院门口，对她说想把我的自行车存在她家，她毫不犹豫地让我放下。我向她院子推车时她继续站在那里，并没有特别在意我将自行车停在哪里，而院门口的狗对我也漫不经心的。我将自行车放下，就开始继续向前走，山坡前的水坝上有几个妇女在做针线活，她们非常注意地看着我这个西装革履的人向山上爬。

沿着小路上去是一片半月形的平地，灰色的寺庙坐落在不远处的山脚下，半山腰上有许多巢穴，鹰一样的黑色大鸟在那里盘旋，有种波谲云诡的感觉。寺庙的前面是一个铁铸的缩小的九层塔，我到铁塔前看上面的字，正面是南无阿弥陀佛。塔的每层都有佛家的偈语，第一层的背面有捐款人的姓名，住持名释如续。我看到寺庙前一个戴灰色僧帽的老太太正送一个人离开，她只是看我一眼就回去了。

我从山门进去，屋宇随台阶升高而分布。我问刚才那个老太太是否可以参观，她说可以随便参观，我就先向右边的佛殿去。我先进入最南面的护法殿，大殿中间供奉的是弥勒佛，左边有两个雕像，右边有三个。我双手合十鞠一躬而去。我又到对面的大雄宝殿，有一个老年居士在门口摆供，我拾级而上。

大殿中间供奉着释迦牟尼，我正在聚精会神地看两边的雕塑，一个小和尚从门口进来，他对着我和善而紧张地笑。他领我去上香，我就按他说的在香案上取一炷香，在释迦牟尼佛像前的红烛上点燃，跟着他插到外面的大香炉中。他重新领我回到大雄宝殿，让我在释迦牟尼佛前叩头，接着又让我在右边的阿弥陀佛佛像前叩头，他告诉我再右边的是电光佛，叩头与否都可以。我问他左边的佛是什么，他告诉我同样是阿弥陀佛和电光佛，我问他电光佛是怎么回事，他有点窘迫地说他也不知道。他还真是一个小和尚。

从大雄宝殿出来，我重新返回对面的护法殿，问小和尚左右的雕像是谁，他说是四大天王，我恍然大悟。我又问怎么右面多出一尊佛像，他说那是财神。我纳闷佛教中怎么出来一个财神，大概是民间的人自己加的，因为我发现中国民间几乎处处供财神。

从护法殿出来，我们沿主道上的石阶向上，路上我问他法号，他告诉我他叫中柱。上面的殿没有牌匾，我向一个老居士问殿名，但他也不知道。大殿中间是如来佛，中柱告诉我如来佛是释迦牟尼的化身，旁边有四尊菩萨像，分别是观音菩萨、地藏菩萨、普贤菩萨、文殊菩萨。他让我在观音菩萨和地藏菩萨的佛像下叩头，其他则随我的愿。菩萨像的两边是十八罗汉，两边各九个。

从大殿出来,我本来打算离开的,中柱却热情地邀请我到客房去喝茶,我就随他向下面的耳房走去。门口有另外一个小和尚在抱着座机打电话。我们穿过狭小的走廊到一个房间,刚才我在门口见到的那个老太太居士正在炕上打扫,房子内南北两侧各有一个炕,上面各有三床被褥。中柱让我在沙发上坐下,吃桌上的水果,接着给我倒了杯茶。不久,进来两个男的老年居士,他们对我也很热情。

我开始仔细看屋内的陈设,除炕极具乡村特色外,空调、电视、电话等现代电器一应俱全,这让我很吃惊。我就问中柱他们可以看电视吗,他说当然可以。他告诉我寺庙相当于一个学校,学十年才能毕业。目前住持释如续就只有他和外面的中平两个弟子。这座寺庙是前几年才修筑的。我想起寺庙中的建筑上到处是住持释如续的法号,我想这个住持一定非常干练。

我们正在说话,中平从外面回来。中平比中柱早一年来到寺庙,中柱的绑腿绑得不对,中平就善意地笑着帮他绑。中柱说他从图书馆借书读,他取出借的一本佛学入门书给我看。我暗想他连佛像的名字都记不全,佛学之路想必还要下一番功夫。我拿过那本薄薄的书,看到里面都是一些佛教常识。

我问他们为什么要做和尚,中平说一心向佛,他似乎比中柱懂得稍多点。我同旁边的几个老居士谈起来,其中一位在收拾炕的老人是从西宁过来的。中平说一人出家万人支持。当中平得知我在报社工作时,就纳闷我为何来到这里,我说在这里有一个朋友。他跟我说不少有自己事业的人都遁入佛门了。他们问我信佛

207

吗，我说我不信佛，只是把它当哲学来研究。我们谈论起佛理来，我发现他们对佛理都不是很通。我跟他们说其实佛教不是迷信，旁边的老居士非常认同。

后来中平、中柱出去，许久都不回来，老居士说他们随师父去念经了。我本来想见见这位有魄力的住持释如续的，此时也只能作罢。老居士把我送出客房，这时我看到旁边还有一座佛寺，里面有白色的喇嘛塔。我问老居士可否去拜访，因为我对藏传佛教更感兴趣，他说当然可以。从汉传佛寺出来，我就到隔壁的藏传佛寺，到门口发现这座寺居然也叫喋尔寺，无奈大门紧闭，我敲门许久都无人应，只得在远处观看那座白色的塔。我猜测可能这座喋尔寺要更加古老，虽然现在香火不盛。我在半月形的台地上向不远处的两座佛寺望，看到半山腰上的巨鸟在盘旋，我在想两座喋尔寺的奥妙，其中必有隐情。

我到存车的农家去，院门口的麦秸还在，院门虚掩着。我没有看到那个老人，喊了几声也无人应，就推门而入。我看见了那只老狗，令我不解的是，直到我推车出门那狗都没有看我一眼，真是一只奇怪的狗。在路上，我遇到那个老太太，跟她说我取走自行车，她微笑着点头。这次我要骑车从马路上走，这样就能绕上一圈。在乡村路上骑车的感觉真好，我本来想骑车到县城去绕一圈的，可是骑到原来那个民俗村口我就已经很累了，于是直接回到了正月姐家。

正月姐正戴着白色头巾在院子里做家务，看到我进去她就对着我微笑，让我有种无以言表的温馨之感。我回到西边的屋里，西屠仍然在炕上睡觉，我将他叫醒到外面散步。我们谈论这次死里逃生的经历，真感觉不可思议，似乎命中有此一劫。正月姐家院门口有一个形状像伞骨一样的可以旋转的铁桩，顶面内部为轮状的铁圈，外部为十字的铁杆。因为顶部有藏传佛教的经幡连接到街门庑顶上的鸱吻，我想这可能是同宗教有关的，后来又想也可能是一种农具。我吊在十字形的铁杆上旋转，就像在公园的健身器材上一样。正月姐正好路过，我就问她。她说这是他们民族特有的游戏——轮子秋，一般是几个人在下面抓着十字形铁杆，另外两人在顶上踏着轮子转动，这样可以带来吉祥如意的祝福，她说下次我们来时可以玩。

快到中午时，她问我们想吃什么，西屠说想吃面。那天的阳光非常好，我与西屠在院子里走，正月姐取出来案板和蔬菜，她一边切菜一边同我们聊天。她家院子里有一株苹果树，院子中央有一个桑炉。我们谈论起她的婚姻。她一直不想嫁人，因为这里的乡村有种奇怪的习俗，女人要外干农活内干家务，男人则如衣郎所说每日在村中如向日葵一般随着太阳旋转，晒晒太阳便可，所以她想再自由些时日。不过家里人几乎每天给她介绍对象，她也有点焦急，但都感觉不如意。她说话的神情始终让我感觉到一种纯真，就像乡村的静静的上午一般。

她让我帮她切肉，这让我感觉困难。我觉得我拿起刀随时有可能把手指切掉，就让西屠切，他在家经常做饭。我生吃了一些蔬菜——我是生吃惯了的。我们继续谈论他们家的事，充满乡村的朴素，就是平日村中的家常。那是一个静静的中午。其间有人来为他们家安装玻璃，仿佛他们家亲戚一般，中午还同我们一起吃了饭。饭做好了，她为我与西屠盛上，我感觉菜很清淡，想起来昨天我说她做的饭很咸，她居然记住了，真是个细心的好姑娘。

　　上午时衣郎曾发来短信让我帮他把钥匙收好，我在炕上找到了那串钥匙。饭后我们本来准备去县城找衣郎的，西屠却想回去了，正好我也感觉很累，就决定让正月姐转交钥匙。走的时候，我们互相留了电话，想到可能今后不会再见面了，都有点依依惜别之感。她放下手中的碗，站在轮子秋下面目送我们。我们走出了很远，我回过头来，发现她仍然站在那里。